ブックレット〈書物をひらく〉32

紫式部の「ことば」たち

源氏物語と引用のコラージュ

中西智子

紫式部の「ことば」たち——源氏物語と引用のコラージュ〔目次〕

はじめに

紫式部（図1）は、平安中期の宮廷社会で活躍していた女性である。彼女は女房という立場で、時の権力者・藤原道長の支援を受けながら、類まれなる輝きを放つフィクションの作品を創出した。有名な『源氏物語』（図2）である。

貴公子「光る君（光源氏）」を主人公とするこの長篇物語の素晴らしさは、同時代の人々を驚嘆させるにとどまらず、中世から近世、さらに近代を経て現代の私たちに至るまで、多くの読者を魅了しつづけてきた。今日、私たちの気軽なおしゃべりの中で、「源氏好き」「源氏嫌い」の両派が意外なほど熱く意見をたたかわせるのも、この物語に描かれた人間模様――色恋のみに限定されない、人と人とのさまざまな関係性――が、誰もにとって容易に無視し得ないようなリアリティと普遍性を持っているためだと考えられる。『源氏物語』の人気の秘密のひとつは間違いなく、その間口の広さにあると言ってよい。この作品は長きにわたり新たな読者を迎え入れつづけ、やがて時代を超えた「古典」として不動の地位を獲得するに至ったのである。

とはいえ千年も昔に書かれた原文の「ことば」そのものは、現代の私たちにと

紫式部　生没年および本名未詳。物語作者・歌人。一条天皇中宮の藤原彰子に仕えた。父は漢学者の藤原為時。母は藤原為信女。文芸にすぐれ、『源氏物語』『紫式部集』『紫式部日記』などの作品を残す。

藤原道長　康保三年（九六六）生―万寿四年（一〇二七）没。後一条・後朱雀天皇の外戚として藤原氏全盛期を築いた。摂政関白藤原兼家の五男。母は時姫（摂津守仲正女）。自筆『御堂関白記』が陽明文庫に伝えられる。

光る君（光源氏）　『源氏物語』の主人公。作中に「源○○」といったいわゆる本名の設定はなく、「光る君」「光源氏」といった卓越性を示すニックネームで呼ばれる。さまざまな女性との恋を重ねながら政治家としても栄華の階梯を昇り詰める。晩年は罪や宿世の主題が前景化する。

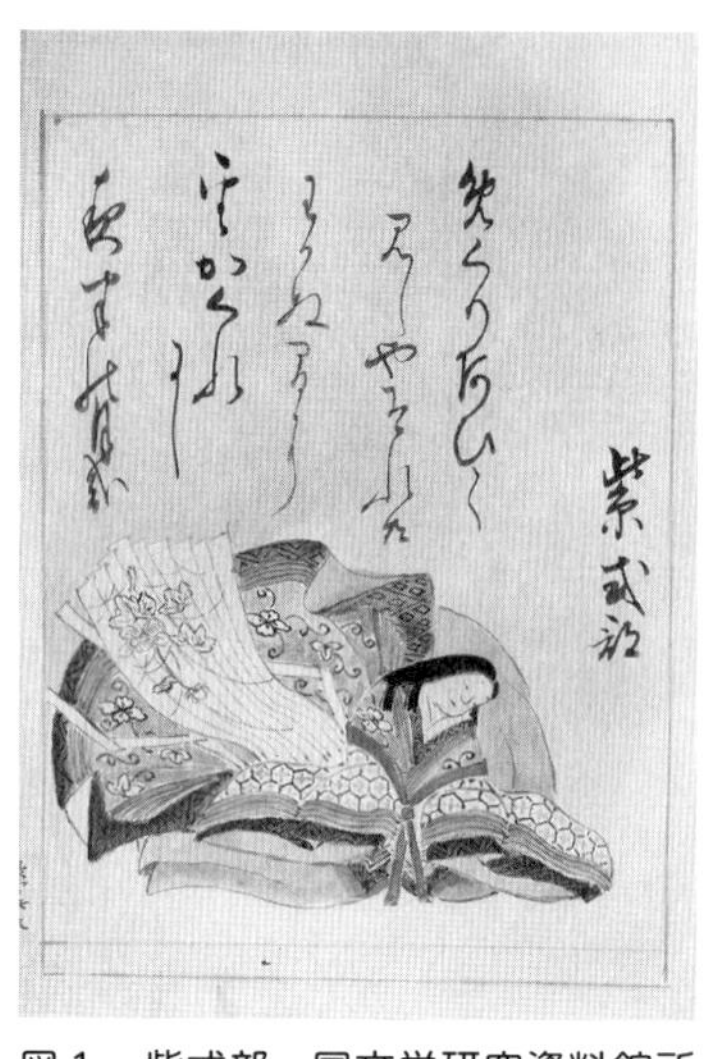

図１　紫式部　国文学研究資料館所蔵　長谷章久旧蔵『百人一首』　紫式部詠「めぐりあひて」。

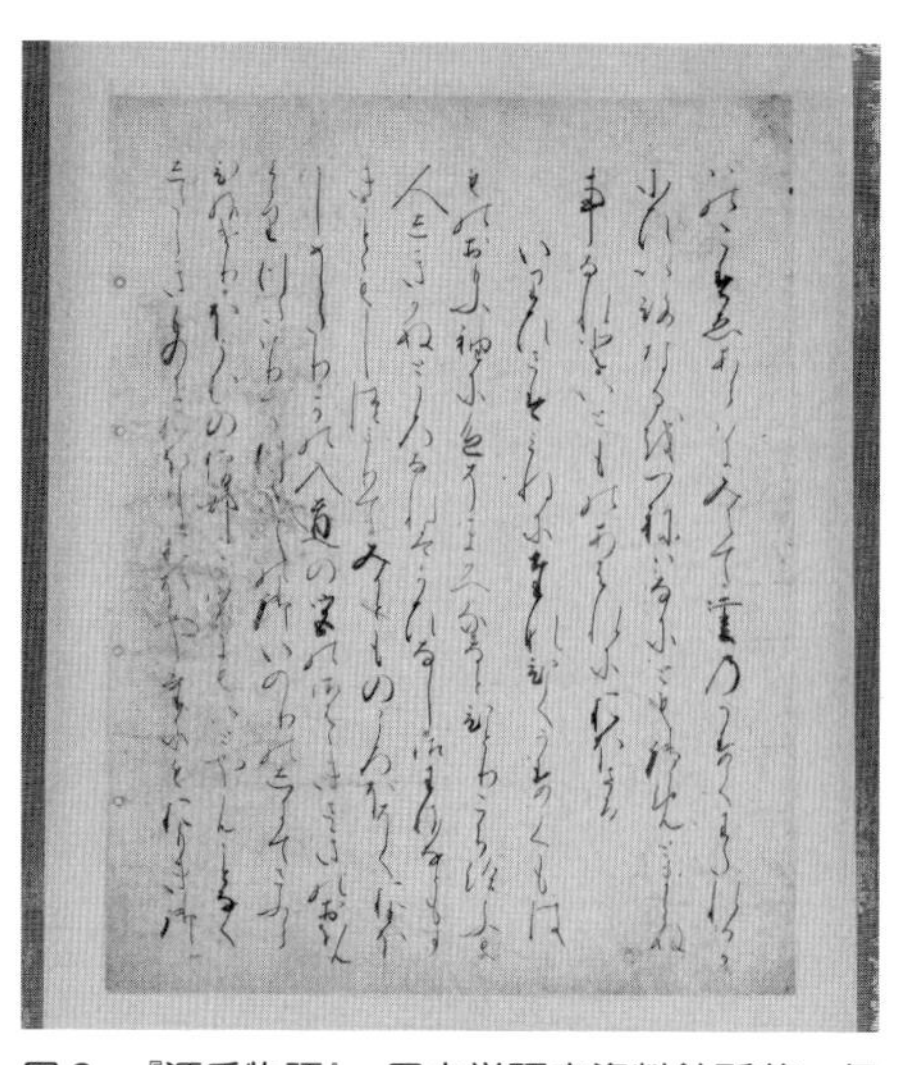

図２　『源氏物語』　国文学研究資料館所蔵　伝為家筆源氏物語薄雲巻断簡　鎌倉中期の河内本の姿を伝える貴重な切。

ってはー、やはり相当のとっつきにくさを感じさせるものである。そもそも単語の意味からして違うし、古典文法というものも厄介だし、当時の身分制度や風俗など、知らない、わからないことが多すぎる。そこで私たちは、ひとまず現代語訳された『源氏物語』を手に取ることとなる。これまでに、与謝野晶子・谷崎潤一郎・円地文子・瀬戸内寂聴・角田光代……といった作家たちがおこなってきた数々の名訳は、それぞれに個性があって味わい深い。桐壺帝と桐壺更衣との悲恋の末に光源氏が誕生し、継母・藤壺を思慕する一方で、さまざまな女性との恋の遍歴を重ね、やがてはライバルを抑えて政権を掌握し、准太上天皇の位に至るが、晩年は一転して悲劇となる……といったストーリーの展開は、そうした現代語訳、あるいは田辺聖子・橋本治などの洒脱な翻案小説によっても十分に楽しめるものである。また、そこにはジェンダーや不平等の問題など、現代の私たちにとって身近な事柄についてあらためて考えてみるための手がかりも豊富に含まれているだろう。

しかしながら、長い享受の歴史を支えてきた『源氏物語』の魅力の少なからぬ部分が、じつは原文の叙述そのものにあることもまた事実である。この物語には、千年前の宮廷人であった紫式部の周辺ではよく知られていた和歌や漢詩文、人気のあった物語などの引用表現が数多くちりばめられている。欧米の小説にも聖書やシェイクスピアの戯曲の一節を効果的に引用するものがあるが、それらと比較しても、『源氏物語』の引用表現は凝っている。紫式部はある時はストレートに、またある時は極端に屈折させたかたちで、先行作品の「ことば」を吸収し、自らの表現世界を貪欲に肥え太らせてゆくのである。

本書の目的は、紫式部の「ことば」たちを、当時の人々が楽しんだように、現代の読者の方々に味わっていただくことである。というのも、二〇二四年のNHK大河ドラマ『光る君へ』▲の影響で、昨今、多くのすぐれた紫式部関連の書籍が出た。無論、筆者もその恩恵に浴している一人であるが、それらの中であまり取り上げられていないのが「物語の文章の面白さ」だと思われるためである。『源氏物語』には、どのような先行作品のフレーズが、どのような方法で引用されているのか。それはどのような表現効果を上げているのか。言い換えれば、引き込まれた「ことば」のコラージュが、虚構の物語世界にいかほど魅力的なかたちを与えているのか。第一章から第三章では、現代語訳ではなかなか見えてこないよ

『光る君へ』　二〇二四年一月七日放送開始。作・大石静。制作統括・内田ゆき。主演・吉高由里子。オリジナルストーリーを交えつつ、「生涯のソウルメイト」となった紫式部と藤原道長とを中心に、平安時代中期の宮廷の恋と政治のスリリングな展開を描く。

うな、そうした紫式部の「ことば」の仕掛けのいくつかを取り上げたい。

あるいはまた、そうした表現の問題は、当時の現実社会とのかかわりの面から考えることもできる。『源氏物語』を読んだ当時の人々は、この物語の「ことば」にいったいどのように反応したのだろうか。またこの物語の「ことば」は、現実の彼らにどのような影響を与えていたのだろうか。じつは、藤原道長家にゆかりの人々——特に物語の愛読者であった女性たち——は、プライベートな和歌の中にしばしば『源氏物語』の「ことば」を引用している。そうしたコミュニケーションの痕跡は、この物語が彼女たちの心をつなぐものとして、現実世界においても実際的な役割を果たしていたことを伝えてくれる。第四章では、そのような興味深い事例をいくつか見てゆきたい。

それでは、紫式部と『源氏物語』をめぐる「ことば」の世界をのぞいてみよう。

一▶万葉歌の古さと新しさ

平安中期の古歌復興状況

紫式部の生きた平安中期の宮廷社会では、有名な古歌のフレーズを仲間内で共有し合うこと、日常の何気ない会話の中に滑り込ませて用いることが、貴族の洗練されたマナーとして位置づけられていた。そうした趣向は、特に男女の会話の中で効力を発揮し、コミュニケーションをお洒落に彩るものであった。

とはいえ貴族たちの中にも当然、文学的方面への得手不得手はある。そんな時は、手軽に参照できる表現の手引き、「ことば」のハンドブックが重宝されることとなる。たとえば『古今和歌六帖』▲（図3）という私撰集は、それまでに流布していた古歌を選りすぐり、歌題別に分類したものである。これにより豊富に蓄積された古歌は見出しごとに整理され、用途に合わせてのフレーズの検索も可能となった。このハンドブックは貴族社会に喜んで迎えられ、彼らが和歌を詠む際の参考書になるとともに、『うつほ物語』▲や『枕草子』▲など、さまざまな文学作品に影響を及ぼした。

『古今和歌六帖』 平安時代中期の類題集。成立年・編者未詳。第一帖は歳時・天、第二帖は山・田・野・都・田舎・宅・人・仏事、第三帖は水、第四帖は恋・祝・別、第五帖は雑思・服飾・色・錦綾、第六帖は草・虫・木・鳥に大別され、この下に五百十余の題が設定される。

『うつほ物語』 平安時代中期の物語。成立年・作者未詳。『源氏物語』に先立つ我が国初の長篇物語（全二十巻）。清原俊蔭一族の秘琴伝授の物語と、あて宮求婚譚に始まる源正頼一族の政権獲得の物語があわせて進行する。

『枕草子』 平安時代中期の宮廷ジャーナル。一条天皇皇后定子に仕えた女房・清少納言作。類聚的章段、随想的章段、日記的章段などから成る。斬新な美意識を示した「春はあけぼの」で始まる初段はあまりにも有名。

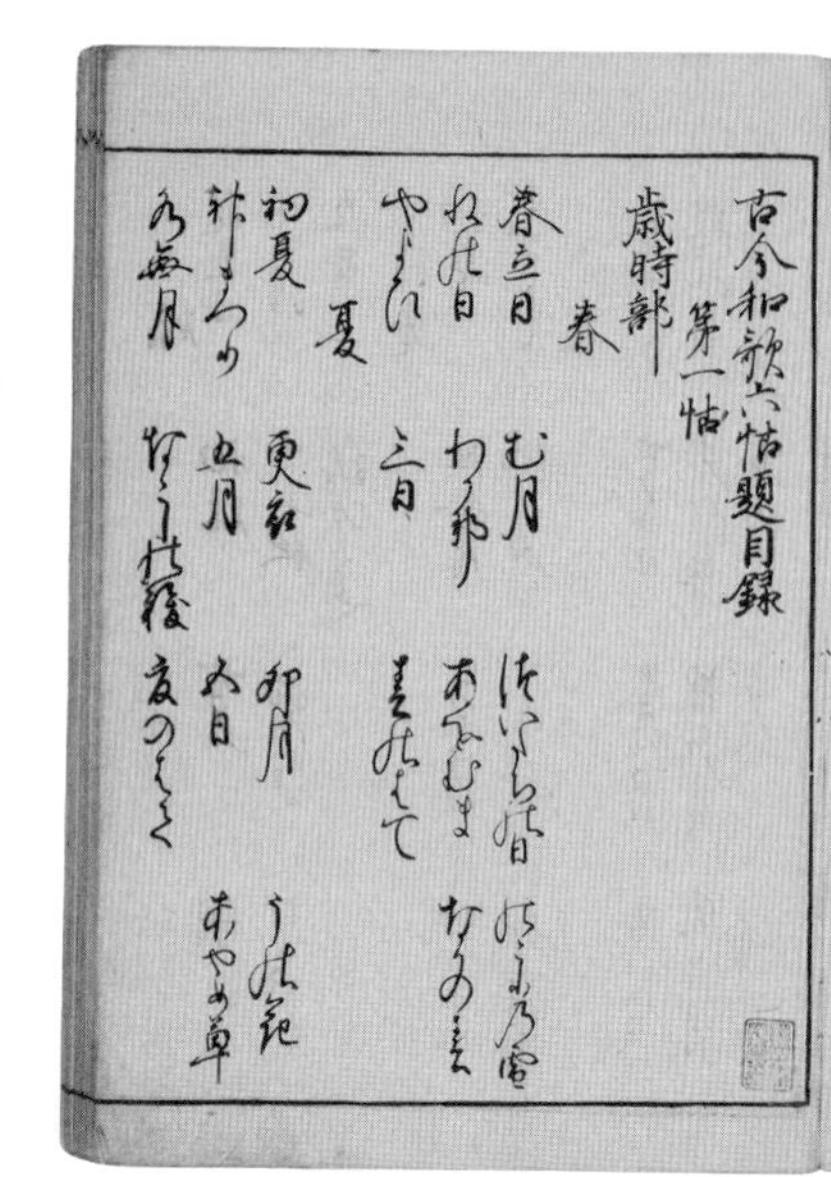

図３『古今和歌六帖』国文学研究資料館所蔵　松野陽一文庫　四季もさらに細かく分類される。

『万葉集』　現存最古の和歌集。奈良時代末頃までに成立。選者未詳。全二十巻。仁徳天皇の時代から淳仁天皇の時代までの作品を収めるが、推古朝以前の作とされるものは伝承性・仮託性が強く、実質的には七世紀前半から八世紀半ばまでの約百三十年間の和歌が集められている。

さて、この『古今和歌六帖』には、平安時代の和歌だけでなく、奈良時代末期に成立した『万葉集』(まんようしゅう)▲に見える歌（便宜上、本書では類歌も含めて「万葉歌」と呼ぶ）が千首以上も収載されている。もとの『万葉集』では万葉仮名によって記され、難解な印象を与えていた歌の本文（図４）も、『古今和歌六帖』の中では通常の平仮名にやわらげられ、誰でも容易に理解できるようになっていた。また全二十巻に及ぶ『万葉集』自体も、紫式部の時代には、春秋二巻のコンパクトな抄出本が既に存在し、女性たちの間でも貸し借りが行われていたことの記録が残る。『源氏物語』が書かれた頃の万葉歌は、平安中期の貴族たちの理解力や好みにフィットするよう、新たに編集や読み替えをされながら親しまれるようになっていたのである。

しかし平安時代風にわかりやすくアレンジされてもなお、万葉歌の「ことば」の持つ古めかしさが消えてしまうことはなく、人々に異質な印象を与えていたようである。たとえば当時の文化人の代表的存在であった藤原公任(ふじわらのきんとう)▲は、万葉歌の「ことば」について「ぎこちなく品がなく、格別の趣がなく平凡」であると批判

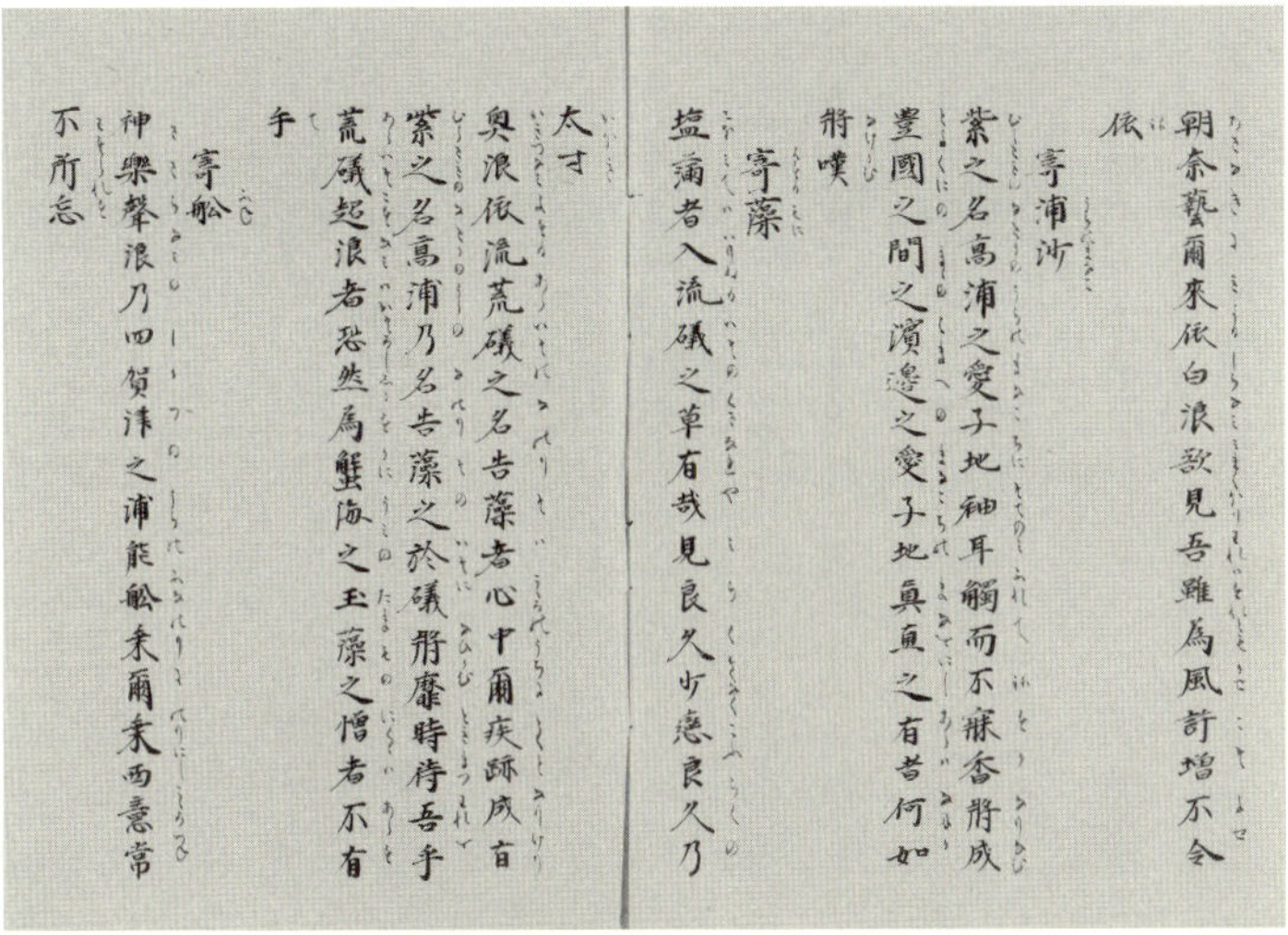
朝奈藝爾來依白浪欲見吾雖爲風許増不令依
寄浦沙
紫之名高浦之愛子地袖耳觸而不寐香將成
豊國之間之濱邊之愛子地眞直之有者何如將嘆
寄藻
塩満者入流礒之草有哉見良久少戀良久乃太寸
奥浪依流荒礒之名告藻者心中爾疾跡成有
紫之名高浦乃名告藻之於礒將靡時待吾手
荒礒超浪者恐然爲蟹海之玉藻之憎者不有
寄船
神樂聲浪乃四賀津之浦能船乘爾乘西意常不所忘

図４　『万葉集』　国文学研究資料館所蔵　万葉仮名の隣に平仮名で読み方を記す。

し、そうした「ことば」を自作の歌に用いるには細心の注意が必要だと説いた。一方で、曾禰好忠（そねのよしただ）や和泉式部（いずみしきぶ）などの前衛的な歌人たちは、むしろそうした耳慣れない語彙を自らの歌に積極的に取り込むことを好み、新たな表現世界を開拓しようとする傾向にあったというから面白い。昨今の若者たちの間で起きている「昭和レトロブーム」や「平成バブルブーム」などのリバイバル現象との共通性をここに感じなくもない。彼らは古めかしい表現の彼方に、当時の規範にはまらない、より自由でのびやかな感性のありかを期待し、「ことば」のコラージュの新味を模索していたということであろう。

そうしたなか、散文作品である『源氏物語』においては、全五十四帖のうち、およそ六十箇所に万葉歌の引用が認められる。これは決して少ない数ではない。じつはそれらの表現は、直接『万葉集』を参照したのではなく、『古今和歌六帖』や平安中期の抄出本に拠っている可能性の方が高い。とはいえ、いわば昔風な「ことば」の持つ異質性が紫式部の周辺で注目され、新作の物語に取り込まれたということは、同時期の和歌における「ことば」のリバイバル現象と軌を一にするものとして注目される。

光源氏をはじめとする『源氏物語』の作中人物たちは、どのような態度で万葉歌の時代性に向き合っているのだろうか。そしてそれらの場面は、平安中期の現実のコミュニケーションの「場」の雰囲気をどれほどリアルに再現したものであろうか。以下にいくつかの具体例を確認し、紫式部の「ことば」のコラージュの方法について考えてみたい。

「赤裳垂れ引き」玉鬘

最初に取り上げるのは真木柱巻。「玉鬘十帖」と呼ばれる、玉鬘（図5）という美しい女君をめぐる一連の求婚譚の終わりに近い部分である。冷泉帝は、光源氏の養女・玉鬘に心ひかれていた。玉鬘の方も若く美しい帝を憎からず思っていたのだが、思いがけず、いやな髭黒大将と結婚する仕儀となってしまった。玉鬘はどうにか尚侍の役職を得て宮中に出仕することはできたものの、髭黒はそのことを快く思っていない。妻が自分の目を盗み、仕事中に浮気をするかもしれぬと心配しているのである。髭黒は間もなく、玉鬘を強引な手段で退出させ、自分の邸の奥深くに閉じ込めてしまった。

藤原公任　藤原北家小野宮流。康保三年（九六六）生―長久二年（一〇四一）没。「三舟の才」の故事にあるように多芸多才の人として知られる。和歌においては余情の美学を提唱し、優美で平淡な詠風を目指す。敦成親王の五十日祝の折、紫式部に「若紫やさぶらふ」と呼びかけたことが知られる。

曾禰好忠　延長元年（九二三）頃生か。『好忠百首』『毎月集』を詠作したほか、家集に『好忠集』がある。その和歌は沈淪訴嘆や遊戯的・技巧的性格に特徴があるとされる。

和泉式部　貞元から天元の頃（九七〇年代後半）生か。父は越前守大江雅致。和泉守橘道貞との間に小式部内侍を儲けた。紫式部と同時期に中宮彰子に女房として出仕。『和泉式部集（正・続）』『和泉式部日記』などを残す。

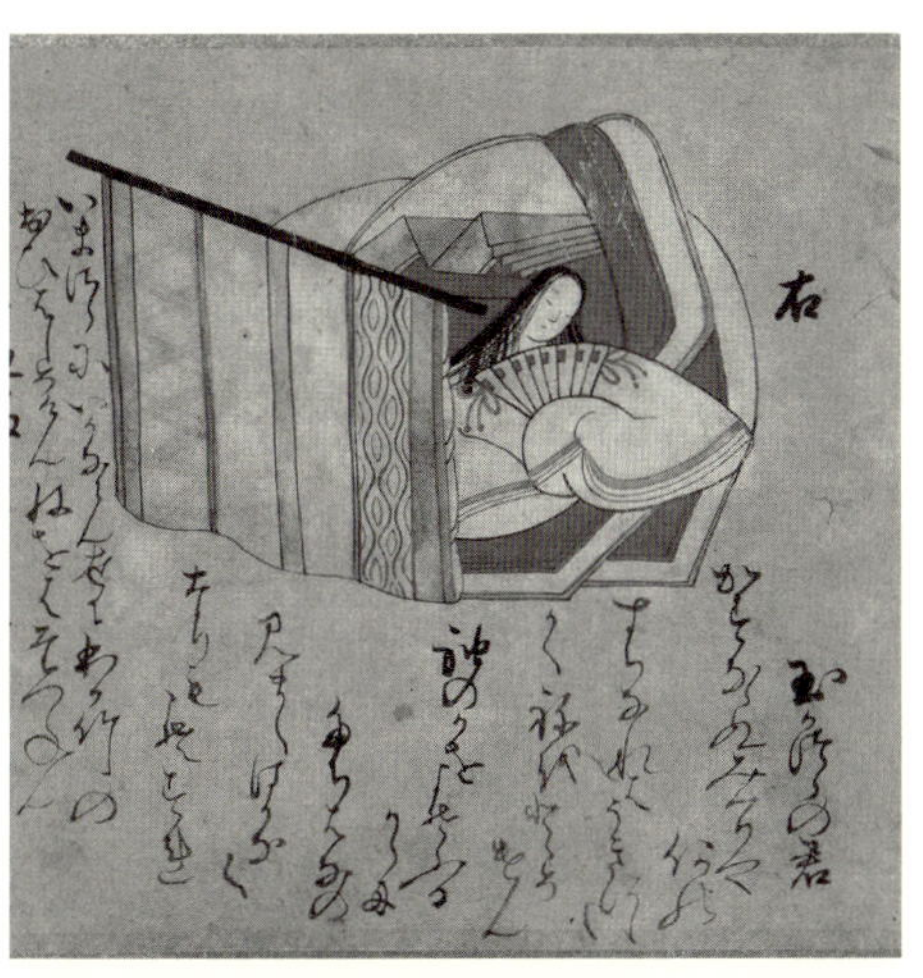

図５　玉鬘　国文学研究資料館所蔵　『源氏物語歌合絵巻』　玉鬘は頭中将（のちの内大臣）と夕顔の間に生まれた女子。母との死別後、筑紫へ下向。のちに上京して光源氏の養女となる。

以下は、失意の冷泉帝が玉鬘の面影を思い出し、呆然としている場面である。

内裏にも、ほのかに御覧ぜし御容貌ありさまを心にかけたまひて、［冷泉帝］「赤裳垂れ引きいにし姿を」と、憎げなる古言なれど、御言ぐさになりてなむながめさせたまひける。

（帝におかせられても、ほんのちらとごらんにあそばした尚侍の君のご器量や風情をお心におとめになって、「赤裳垂れ引きいにし姿を」と、いかにも聞き苦しい古歌ではあるけれど、それが御口癖になって、物思いに沈んでいらっしゃるのであった。）　（真木柱巻）

冷泉帝が口ずさんでいるのは次の万葉歌のフレーズである。

立ちて思ひ居てもぞ思ふ紅の赤裳垂れ引きいにし姿を

（立っている時もすわっている時も、いつも思っている。紅色に染めた裳を長く引きながら行ってしまったあの人の姿を）

（古今和歌六帖・裳・三三三三　＊万葉集・二五五〇に類歌）

冷泉帝の未練がましい口ずさみは、語り手に「憎げ」と批判されている。そもそも青年と「古言」の取り合わせは少しミスマッチでもあるし、まして帝という立場にありながら、一介の女官への届かぬ恋の思いにとらわれてしょんぼりする彼の姿は、気の毒ではあるが少々戯画的な印象もぬぐえない。

そもそも、万葉歌の中で、「赤裳（あかも）」という素材は艶（なま）めかしい女性、特に若い女官たちの姿を彷彿（ほうふつ）とさせるものであった。裾をゆるゆると引きながら歩く彼女たちの動的な姿態は、静かであることを美徳とされた平安時代の貴族女性とはかなり異なる印象を持つ。また上代の赤色には、本来は禁忌性・神聖性などがあったとされるが、特に「赤裳」が歌に詠まれる際には、次第にそうした信仰が薄れ、刺激的な女性美の表現として用いられるようになった。「赤裳」をつけた女官たちは、その身体に容易に触れられないが故に、男性の欲望をいっそうかき立てる存在として独特の存在感を放っていたのだろう。

そして真木柱巻でもまた、そうした赤色の象徴性が玉鬘の装束の色目と結びつきながら、冷泉帝の恋心をあおっている。玉鬘という女君の個性は、ひときわ現代風で華やかな明るさ（これは実父の内大臣の持つ特質でもある）にあるのだが、こ

図6　若紫　国文学研究資料館所蔵『源氏物語絵屏風』 若紫は藤壺の姪。光源氏の生涯最愛の妻。結婚後は「紫上」。後見や子どもを持たない状況で妻の座を保つ苦労が描かれる。

こではその基本線に「赤裳」の鮮やかな色彩美が重ねられ、新たな魅力を与えられている。すなわち『源氏物語』では玉鬘の現代性と冷泉帝の若さを媒介として、古めかしいはずの「赤裳」という「ことば」の表現世界が、かえって新鮮で刺激的なものとして捉え返されていると解してよいだろう。

万葉歌の「ことば」は、平安中期の貴族の一般的な価値観から見ると、ある種のごつごつした違和感を感じさせるものであった。しかしそれらがあえて『源氏物語』に取り込まれる際には、「古さ」と「新しさ」のイメージの二重性が利用されるケースがしばしば見出される。こうした巧みな「ことば」の仕掛けについて、さらに探っていきたい。

「入りぬる磯の」若紫

次に見るのは紅葉賀（もみじのが）巻、光源氏と若紫（わかむらさき）（図6。のちの紫上（むらさきのうえ））の会話の場面である。若紫は祖母の死後、光源氏の私邸である二条院に引き取られ、ようやく十一歳になったところである。光源氏には葵上（あおいのうえ）という正妻がいるほか、通い所も多く、また宮中での公務にも追われて、二条院に帰るのが久しぶりになってしまった。若紫は、光源氏がすぐに顔を見せに来ないのですねている。

……女君、ありつる花の露にぬれたる心地して添ひ臥したまへるさま、うつくしうらうたげなり。「愛敬(あいぎやう)こぼるるやうにて、おはしながらもとくも渡りたまはぬ、なま恨めしかりければ、例ならず背きたまへるなるべし、端の方についゐて、［光源氏］「こちや」とのたまへどおどろかず、［若紫］「①入りぬる磯の」と口ずさびて口おほひしたまへるさま、いみじうされてうつくし。［光源氏］「あなにく。かかること口馴れたまひにけりな。②みるめに飽くは正なきことぞよ」とて、人召して、御琴とり寄せて弾かせたてまつりたまふ。

（女君が、まるで先ほどの花が露に濡れているような風情で物に寄り臥していらっしゃるさまが、いかにも可憐でかわいらしく見える。魅力したたる愛らしさで、君がご帰邸になりながらもすぐにこちらにお越しにならないのが少々不満だったので、いつになく背を向けてすねていらっしゃるのだろう、君が端の方に膝をついて、「こちらへ」とおっしゃっても、そ知らぬふりをして、「入りぬる磯の」と口ずさんでは、すぐに袖で口もとをお隠しになった様子は、たいそう気がきいていてかわいらしい。「これは憎い。そんなことを口になさるようになったのですね。

でも、「みるめに飽く」のはよくないことですよ」と言って、女房をお呼びになり、
お琴を取り寄せてお弾かせ申される。）

（紅葉賀巻）

冒頭の「女君」という呼称は「男君」と対になるものであり、通常はそこが恋の場面であることの目印として機能する。「女君」と紹介された若紫は、あたかも一人前の成人女性であるかのような扱われ方をしている。しかししっとりと露に濡れた撫子のように初々しいこの少女にとって、恋などはまだ想像の中の出来事にすぎない。若紫の部屋を訪れた光源氏の振る舞いも、恋人というよりは娘を溺愛する父親のそれである。

それにもかかわらず、ここで「女君」という思い切った呼称が選ばれたことの裏には、若紫の背伸びした態度を面白く、ほほえましく見守る作者の眼差しがあるように思われる。

光源氏と若紫の会話には、四角で囲んだ①②の二箇所に万葉歌の引用がある。若紫がまず、①「入りぬる磯の」とうたいかけて、光源氏の訪れのないことを当てこすり、「口おほひ」をしてみせる。「入りぬる磯の」というフレーズは、

潮満てば入りぬる磯の草なれや見らく少なく恋ふらくの多き

（私が恋しく思う人は、潮が満ちると海に入って隠れてしまう磯の草なのだろうか。
逢うことが少なく、恋しく思うことが多いことだ）

（古今和歌六帖・雑の草・三五八二　＊万葉集・一三九四）

を引用したものである。この歌は『万葉集』ではもともと作者名の表記を持っておらず、男女のどちらの心情を詠んだものか確定しづらいものであった。しかし、この歌が平安中期の秀歌撰である『拾遺抄』に収録された際には、作者名として「坂上郎女」▲という女性歌人の名が記されることとなった。すなわち心情の主体の性別がはっきりしなかったこの歌は、紫式部の時代には、あらためて恨み言を述べる「女歌」▲として据え直され、人々に周知されていたのである。たまさかの帰宅時にもすぐに顔を見せに来てくれない、という光源氏の行動をなじる若紫の態度は、まさにこの歌の平安中期なりの解釈を反映したものと言ってよい。

　また若紫の「口おほひ」という動作については、おおむね「少女の恥じらう仕草」と解釈されている。しかしこの動作は「女の得体の知れなさ」や「危険さ」を暗示する記号として用いられることも多い。おそらくここは、純粋な恥じらいと見るよりは、周囲の大人の女性たちの振る舞いをまねた、若紫のおませな態度の一つと解する方がよいだろう。

坂上郎女　天平勝宝二年（七五〇）以前に活躍。『万葉集』に多くの和歌を残す。大伴旅人の異母妹、家持の叔母。大伴一族を中心とした文芸交流圏を牽引し、和歌文化の発展に大きく寄与した。

女歌　ここでは「女の立場で詠んだ、いかにも女らしい発想の歌」（鈴木日出男『古代和歌の世界』、ちくま新書、一九九九）を指す。ただしこの「女らしさ」は、平安時代における社会的・文化的な制約に基づき装われ、演技されたことばのジェンダーによる謂であり、必ずしも実際の詠作者の性別とは一致しない。

続いて、光源氏が②「みるめに飽くは」不都合なことだと言い返す。こちらも次の有名な万葉歌を踏まえたものである。

伊勢の海人(あま)の朝な夕なにかづくてふみるめに人を飽くよしもがな
(伊勢の漁師が朝夕に潜って採るという海松布(みるめ)、その「見る目」、あの人にこれで十分というほど逢える手だてがあればなあ)

(古今集・恋四・六八三　＊万葉集・二七九八に類歌)

光源氏の方は、「見飽きるほど恋人に逢いたい」というもとの歌の意味を逆手に取り、「むやみにそんなことを言うものではありませんよ」と若紫をたしなめたかたちになっている。相手の成長に驚きつつも、古歌には古歌をと応酬し、大人らしい態度を見せる光源氏であった。もちろん、いまだ本格的な恋の関係は発生していないのだが、両者の「ことば」のやりとりだけを見ると、一人前の男女の応酬の形式となっているのがこの場面の面白いところである。なおこの後は、若紫が膝の上で寝入ってしまったため、光源氏はあまりのいじらしさに正妻・葵上方への訪問をとりやめるという有名な場面に続く。

さて、この背伸びした少女の魅力は、光源氏の目に「いみじうされてうつくし」く映ったとある。『源氏物語』における「され（洒落れ・戯れ）」に関する語の用例を探ってみると、さほど身分の高くない若い女性や、早熟な子どもの様子の形容に用いられることが多い。特に若紫に関する用例は目立つ。たとえば次のような箇所である。

姫宮［女三宮］は、げにまだいと小さく片なりにおはする中にも、いといはけなき気色して、ひたみちに若びたまへり。かの紫のゆかり［若紫］尋ねとりたまへりしをり思し出づるに、かれ［若紫］はされて言ふかひありしを、これ［女三宮］は、いといはけなくのみ見えたまへば、よかめり、憎げにおし立ちたることなどはあるまじかめりと思すものから、いとあまりもののはえなき御さまかなと見たてまつりたまふ。

（姫宮は、なるほどまだほんとにお小さくて、大人にはほど遠くていらっしゃるが、そのうえまったく幼いご様子で、まるきり子ども子どもしておいでになる。あの紫のゆかりを捜し出してお引き取りになった折のことをお思い出しになると、あちらは気がきいていて相手にしがいがあったのに、こちらはそれに比べてじつに幼い一方とお見受けされるので、まあそれもよかろう、これなら憎らしげに我を押し立てるようなこともあるまいと安堵されるものの、一方では、まったくあまりに

はりあいのない御有様ではないか、とお見あげ申される。）　（若菜上巻・六三頁）

紅葉賀巻から多くの時を隔てた若菜上巻において、光源氏はかつての若紫を「され」という語によって回想している。それに比べて、新しい妻の女三宮はただひたすらに幼いばかりではりあいがない、とひそかに落胆するのである。

『源氏物語』の万葉歌引用の中には、もとの歌の古めかしさや異質性をそのまま引き取り、時代錯誤的な作中人物（たとえば末摘花など）の悲哀を描き出すようなケースももちろんある。しかし若紫をめぐる引用の場合は必ずしもそうではなく、この少女自身の「され」た魅力や、ここから照らし返される、光源氏の私邸の明るく気のおけない雰囲気なども同時に表現するための手段となっている。耳年増でおませな若紫と、それに押されてたじたじとなった光源氏のやりとりから、男女の軽口の応酬の場で古歌のフレーズを引用し、機知を競い合うという、当時のお洒落な女房たちの雰囲気そのものが看取されるようでもある。

軽口としての古歌の引用は、「どの歌のどのフレーズをどのような調子で用いるか」という点に機知のポイントがあったと考えられる。そうした折に、当時の人々の日常的な語彙や習慣にそぐわないような古歌があえて持ち出される場合には、若干の前時代的なわざとらしさを強調しつつ、その異色性を借りることによって、心情の斬新な表現としての強いインパクトを期待されていたと見てよい。
その点で、若紫の引用した万葉歌が、実際に紫式部の時代における古歌復興の気運の中で、あらためて「女歌」として人気を博したものであったことなどは、時代性との連動の面からも注目されるのである。

「月待ちて」女三宮

さて、少女時代の紫上（若紫）と光源氏との関係性は、藤壺（ふじつぼ）の縁者＝「紫のゆかり」▲としての恋の要素と、擬似的な親子の要素とが絡み合う、複雑なものであった。二人の絆は、恋の文脈と親子の文脈を二重に帯びていたのである。

そしてじつはそうした設定は、光源氏が晩年に迎えた正妻・女三宮にも当てはまるものであった（図7）。若菜上巻、中年に至って、兄朱雀院（すざくいん）の愛娘を託された光源氏には、一般的な夫婦の関係よりもむしろ、父親代わりの後見的な役割が期待されていた。十三歳で光源氏の正妻となった女三宮の造型は、紫上と比較して、たとえば「娘ざまの妻」や「親ざまの夫」といった観点から論じられることが少なくない。加えて、両者には万葉歌をめぐっても趣向の類似性が認められる。たとえば次の場面を見てみよう。

紫のゆかり　『源氏物語』の長篇性を支える重要なモチーフ。藤壺の形代（かたしろ）として新たな女君たちが形象された。「紫式部」という作者名も、これに由来するニックネームである。

図7　女三宮　国文学研究資料館所蔵『源氏絵物語』　女三宮は光源氏が晩年に迎えた正妻。朱雀院皇女。柏木と密通し、薫を生む。

夜さりつ方、二条院へ渡りたまはむとて、［光源氏は］御暇(いとま)聞こえたまふ。［中略。女三宮は］例は、なまいはけなき戯れ言などもうちとけ聞こえたまふを、いたくしめりて、さやかにも見あはせたてまつりたまはぬを、［光源氏は］ただ世の恨めしき御気色と心得たまふ。昼の御座(おまし)にうち臥したまひて、御物語など聞こえたまふほどに暮れにけり。すこし大殿籠り入りにけるに、蜩(ひぐらし)のはなやかに鳴くにおどろきたまひて、［光源氏］「さらば、①道たどたどしからぬほどに」とて、御衣(おんぞ)など奉りなほす。［女三宮］「②月待ちて、とも言ふなるものを」と、いと若やかなるさましてのたまふは憎からずかし。

［光源氏］「③その間にも」とや思すと、心苦しげに思して立ちとまりたまふ。

［女三宮］夕露に袖ぬらせとや蜩の鳴くを
聞く聞く起きて行くらん

片なりなる御心にまかせて言ひ出でたまへるもらうたければ、［光源氏は］ついゐて、「あな苦しや」とうち嘆きたまふ。

［光源氏］待つ里もいかが聞くらむかた
がたに心さわがす蜩の声

など思しやすらひて、なほ情なからむも心苦しければとまりたまひぬ。

（殿は夜になったら二条院へお帰りになろうとして、宮に御暇乞いの挨拶をお申しあげになる。（中略）いつもは、何かたわいもない冗談事なども打ち解けてお申しあげになるのに、今日はひどく沈んでいて、まともに目をお見合せ申されないのを、殿はただ自分がそばにいてあげないのを恨みにお思いなのだ、とお受け取りになる。昼の御座所にしばし横になられて、お話など申しあげなさるうちに日も暮れてしまうのだった。少しお寝みになったが、蜩がはなやかに鳴くのに目をお覚ましになり、「それでは、道の暗くならないうちに」と言って、御衣などをお召し替えになる。「月の出を待ってとも言うようですのに」と、宮のまことに初々しい感じでおっしゃるのが、憎からぬ風情ではある。「その間にも」とかお思いなのだろうと、いかにもいじらしいといったお気持になられて、お立ちどまりになる。

夕露に……（夕露に袖を濡らして泣けというおつもりなのでしょうか、蜩が鳴くのをお聞きになりながら起きてお帰りになりますのは）

宮がまだ半ばうぶな御心のままをお口になさるのも可憐に思われるので、殿はちょっとおすわりになって、「ああ、困ってしまいますよ」とため息をついていらっしゃる。

待つ里も……（わたしを待っているあちらの里でも今ごろどのように聞いてい

ることでしょう。あれやこれやとわたしの心を騒がせるこの蜩の声を）
などと、お心を決めがたくお迷いになり、やはりこちらに薄情であるのもお気の毒に思われるので、今夜はお泊りになった。）

（若菜下巻）

若菜下巻（わかなのげ）で、二条院の紫上はなかなか治らない病の床にある。夕刻、光源氏は女三宮の住む六条院を辞し、紫上のもとへ赴こうとする。女三宮は心細さからそれを引き留める。

光源氏と女三宮の会話に出てくる、四角で囲んだ①②③のフレーズは、すべて次の万葉歌を踏まえたものである。

夕やみは道たどたどし月待ちて帰れわが背子（せこ）その間にも見む

（夕闇は道が暗くてはっきりしない。月の出を待ってお帰りなさい、いとしいあなた。その間だけでもあなたのことを見ていたい）

（古今和歌六帖・夕闇・三七一・大宅娘女　＊万葉集・七〇九）

この歌は女の立場で詠まれたものだが、通常の妻問い婚の形態では夜に来て朝に帰るはずの男が、おそらく日中からいて、夕方という中途半端な時間帯に帰ろうとする状況は変則的である。さらに女が「月が出るまでお待ちなさい」と引き留める状況も珍しい。武田祐吉(たけだゆうきち)『増訂万葉集全註釈』では「この作者は、遊行女婦であろうと思われ、この歌も、職業的な感じである」と解される。「遊行女婦」の詳しい実態は明らかでないが、ひとまずここで女の言う「見む」の意味をやや進めて、男女の共寝と解してみれば、この歌にこめられた女の側の積極性がはっきりと見えてくるだろう。

女による積極的な引き留めという、平安中期の慣習から見ればやや変わった趣向を持つ古歌のフレーズが、「親ざまの夫」である光源氏と「娘ざまの妻」である女三宮の会話を彩っているというのは、いったいどういうことなのだろうか。たしかに、この歌を先に引用したのは光源氏の方であった。ただしそれは単なる暇乞いのための、さほどの深い含意を持たない、いわば慣用句的な用法であった。一方で、これに対する女三宮の返事は、「ことば」だけを見れば、もとの歌の意味を十分に踏まえたうえでの嫉妬深い女の恨み言として解釈することもできる。このところ病気の紫上にかかりきりであったために、女三宮に対する後ろめたさを感じている光源氏は、相手の思いがけない返答に動揺して出立の足を止める。女三宮はさらに異例の女側からの贈歌▲という駄目押しにより、とうとう光源氏を自分のもとにとどめておくことに成功するのであった(なお、このとき引き留めた

女側からの贈歌　贈答歌では男側からまず詠みかけ、女側が切り返すのが通常の形式とされていた。この逆の形式をとるものは例外的であり、女側の強い心情表現となる。

ことが仇となり、柏木との密通の罪が露見してしまうのは皮肉な展開である）。

たしかに、女三宮の発言や態度は、六条院に放置されている心細さの哀切な表現ではある。しかし地の文に注目してみると、この一連の応酬の前後に傍線部「なまいはけなき戯れ言」・「いと若やかなるさま」・「片なりなる御心」といった、女三宮の「幼さ」の強調表現が出ていることに気がつく。

すなわち女三宮による「ことば」を用いたコミュニケーションは、それ自体は積極的な〈誘う女〉のイメージを濃厚にまとうものである。にもかかわらず、それらの「ことば」を操っているはずの本人に対しては、地の文の側からことさらに「幼さ」が強調され、いまだ分別のつかない少女のようなイメージが与えられている。ここに、この場面の解釈のポイントがある。

女三宮の用いた「ことば」には、大人の女性の媚態と、父親を慕う少女の哀訴とが二重に託されているのである。この点に注目してみれば、この場面で「親ざまの夫」である光源氏の心をつかんだものの正体が、かつて紅葉賀巻で、正妻・葵上のもとへ赴こうとする足を引き留めた若紫と同様の、いわゆる〈少女の媚態〉であることが見えてくるだろう。

［女房］「誰ならむ。いとめざましきことにもあるかな。今までその人とも

聞こえず、さやうにまつはし戯れなどすらんは、あてやかに心にくき人にはあらじ。［中略］心なげにいはけて聞こゆるは」……。

（「いったいどういう女なのだろう。じつにけしからぬことではありませんか。これまでどういう人とも知られてはいないのだし、そんなふうにおそばにまとわりついて戯れているような女は、どうせ身分の高い教養ある人ではありますまい。（中略）いかにも分別の足らぬらしい幼い人という噂ですが」）

（紅葉賀巻）

右は、光源氏を二条院に引き留めてしまった若紫に対する、葵上方の女房たちの陰口である。若紫がまだ幼い少女だとは知らない者による、一見すると的外れの非難ではある。しかし「いはけて」という点に関しては、はからずもビンゴなのである。読者としては、ある種の皮肉な面白さを感じるところでもある。

そして先ほどの場面の女三宮もまた、その無邪気な言動によって、二条院に向かうべき光源氏の足を引き留めてしまう。紫上の側に立ってみればかつて自分が葵上に対しておこなったことと同様の仕打ちであり、いわば因果応報の展開だとも言える。女三宮を媒介として、過去から現在に至る時間の経過の中で、紫上の置かれた状況の変化が浮かび上がる残酷な場面である。

話をまとめると、引用された万葉歌に内在する積極的な〈誘う女〉のイメージは、紅葉賀巻・若菜下巻の両場面で、いわゆる「紫のゆかり」の少女の周辺に蜃気楼のようにただよいながら光源氏の不意を突き、その心をからめ取る罠(わな)としての機能を果たしている。「ことば」の意味内容と本人の幼さとの「ずれ」、さらに〈少女の媚態〉が逆照射する周辺女房らの「され」た雰囲気など、両場面の共通点は少なくないだろう。

演出される〈誘う女〉像

『源氏物語』における万葉歌引用は、その場面に登場する作中人物の古めかしく洗練されていない特質をそのまま表現していることも多い。しかし本章で取り上げた三つの場面では、万葉歌の表現性は、作中人物の真情を託す手段そのものとしてよりも、いささか形式的な道具として持ち出されている。それらは必ずしも玉鬘や若紫、女三宮といった人物たちの実態とダイレクトにつながっているわけではない。むしろその「ことば」の持つやや大仰な前時代性と彼女たちの若さとの「ずれ」こそが、場面をダイナミックに動かす効果を上げているのである。

特にそれぞれの歌に内包された〈誘う女〉のイメージは、使用する人物の内面性とは必ずしもイコールではないにもかかわらず、それを外部からさまざまに解釈させるメディアとして機能してしまっている。言い換えれば、『源氏物語』では万葉歌という道具を用いた少女の演技、いわば「ごっこ遊び」を通して、それを鑑賞する大人たち、すなわち光源氏や語り手の視線の複雑さまでもこまやかに描き出しているということになろう。

これは驚くべき、作者の観察眼の鋭さではないだろうか。このように、引用された歌そのものの内容を超えて、その歌が引用された物語的状況やその歌にかかわる作中人物の心の動きのありようまでも丹念に描き出した点にこそ、物語における引歌（ひきうた）表現のひとつの達成があると言えよう。

『土佐日記（とさにっき）』以降、仮名書きの散文の文体が開拓されてゆくなかで、「日常のおしゃべり」を紙の上にうつすことの可能性が徐々に開かれることとなった。仮に文学史的にまとめてみれば、そこで初めて女性の側から捉えた世界が可視化され、多くの人々に共有されるに至った、と見ることもできようか。また同じく平安中期の文学であっても、和歌と比べて、物語や随筆などの散文は、むしろ作歌事情など「ことがら」に対する興味が強いということが指摘されている。そこではロマンティックな和歌の抒情性をずらし、もどき、そこから脱却していく意識がみとめられるようである。それは、三十一文字という文字数の制約を離れた散文の気ままさ、さらには視点をさまざまに変化させながら続く叙述の情報量の多さと不可分の現象であろう。

引歌　散文中で先行する和歌を踏まえた表現を用いること、またその和歌のこと。仮名を用いた物語文学・日記文学の中で発展・深化した。和歌と散文のことばの響き合いにより、作中世界を一段と重層的なものにする手法である。

『土佐日記』　紀貫之（きのつらゆき）による紀行文。成立は承平五、六年（九三五、九三六）頃か。土佐からの帰京の途を女性の視点で描き、和文の文体の発展に寄与した。

そうしたなか、『源氏物語』には、ある種の王朝的な規範美から外れたものへの興味がたしかにみとめられる。特に古歌の引用に際しては、あえてその古めかしさを利用するような、したたかな諧謔の精神が発揮されているように思われる。このような屈折した引用のあり方は、万葉歌の「ことば」が当時の流行的な視点から新たに捉え返され、かえって斬新な魅力を持つ表現として注目されていたという、紫式部の時代のリアルな文学的状況を反映していると考えられるのである。

二▼嘆老歌の悲劇と喜劇

反復される浮舟の「世の中にあらぬところ」

『源氏物語』第三部▲後半の始発部に位置する東屋(あずまや)巻は、浮舟(うきふね)（図8）という女君が、運命にまかせて身柄を転々とさせてゆくさまを描くドラマティックな巻である。最初のうち、浮舟は終始頼りなくぼんやりしており、その心中を描いた箇所は決して多くない。しかしいざ描かれる際には、わりあい丁寧な描写がなされている。その一つが、彼女が「世の中にあらぬところ」という理想郷を希求する次の場面である。

旅の宿りはつれづれにて、庭の草もいぶせき心地するに、賤しき東国(あづま)声したる者どもばかりのみ出で入り、慰めに見るべき前栽の花もなし。うちあばれて、はればれしからで明かし暮らすに、宮の上［中君］の御ありさま思ひ出づるに、若い心地に恋しかりけり。あやにくだちたまへりし人［匂宮］の御けはひも、さすがに思し出でられて、何ごとにかありけむ、いと多くあは

『源氏物語』第三部 匂兵部卿(におうひょうぶきょう)巻から夢浮橋(ゆめのうきはし)巻までの十三帖を一般に「第三部」と称する。光源氏亡き後の子孫たちの物語。薫と匂宮(におうみや)という二人の男君と、複数の女君たちとの多角的な交渉を描く。

れげにのたまひしかな、なごりをかしかりし御移り香も、まだ残りたる心地して、恐ろしかりしも思ひ出でらる。

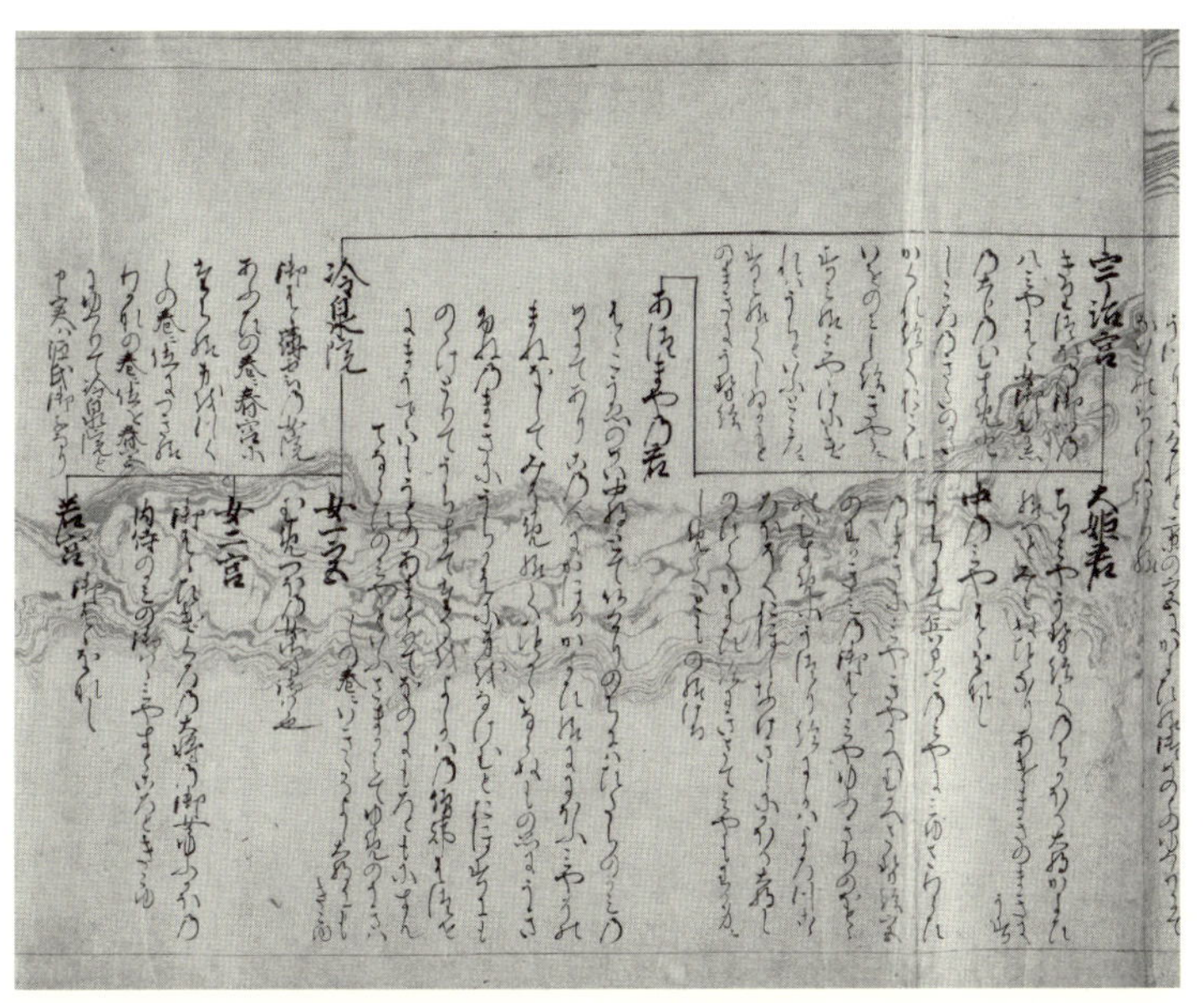

図8　浮舟　国文学研究資料館所蔵『源氏物語系図』　浮舟（古くは「あづまやの君」とも）は物語最後のヒロイン。薫と匂宮との三角関係に悩み失踪。さすらいの生の果てに出家と救済のテーマを担う。

母君、たつやと、いとあはれなる文を書きておこせたまふ。おろかならず心苦しう思ひあつかひたまふめるに、かひなうもてあつかはれたてまつることとうち泣かれて、［母］「いかにつれづれに見ならはぬ心地したまふらん。しばし忍び過ぐしたまへ」とある返り事に、［浮舟］「つれづれは何か。心やすくてなむ。

［浮舟］ひたぶるにうれしからまし世の中
にあらぬところと思はましかば」

と、幼げに言ひたるを見るままに、ほろほろとうち泣きて、かうまではしはふるるやうにもてなすことと、いみじければ、

［母］うき世にはあらぬところを求めても
君がさかりを見るよしもがな

と、なほなほしきことどもを言ひかはしてなん、

心のべける。
（三条の仮の住いは所在なくて、庭の草もむさ苦しく茂っているうえに、下品な東国訛りの者たちばかり出入りしており、気持の晴れるような前栽の花もない。風情もなくうっとうしい明け暮れのなかで、宮の上のご様子を思い出すにつけても年若い娘心から恋しくてならないのだった。無体なことをなさろうとしたお方のご様子もさすがに思い出されて、あれは何を仰せだったのだろう、ほんとにたくさんのいかにもおやさしそうなお言葉ではあった、後々までかぐわしかった御移り香もまだ残りとどまっている心地がする一方、あのときの恐ろしかった気持もよみがえってくるのである。

　母君は、姫君がどうしておられるかと、じつにほろりとするような手紙を書いておよこしになる。姫君は、並大抵でなくおいたわりいただいているのに、そのかいもなくご面倒をおかけしていると思うと、つい泣けてきて、「どんなにか所在なく慣れぬお暮らしでいらっしゃいましょう。しばらく忍んでお過しください」とある手紙のご返事に、「所在ないのはなんのご心配にも及びません。かえって気安うございまして。

　ひたぶるに……（もしここがこの憂き世とは別の世界と思うことができますものなら、一途にうれしかろうと存じますものを）」

と、いかにも幼びて詠んであるのを見るままに、母君はほろほろと涙をこぼして、このように途方にくれてさまようようなめにあわせていることと思うと、たまらなく悲しくなるので、

うき世には……（憂き世とは別の世界を捜し求めてでも、なんとしてもあなたのお栄えになるのを見たいものです）

と、ありきたりの歌などを言い交して、心を慰めるのであった。）（東屋巻）

浮舟は姉夫婦の住む二条院の華やかな様子を思い出し、殺風景な仮住まいに身を置く自分の現状にため息をつく。その際、無体なことを仕掛けてきた姉の夫・匂宮の接触を、恐ろしくも甘美な体験として思い出している。その契機となったのが、匂宮の「御移り香」の官能的な記憶であった。こうした不意の〈エロス〉の発動は、この女君の造型の特徴の一つとも言えるようなのだが、それについては主に第三章で取り扱うこととして、まずは東屋巻の文脈に沿って心情をたどってみたい。

さて、浮舟のもとに届いた母からの手紙は、娘のため息を見透かし、「今にきっとよいことがありますよ」と励ます内容であった。しかし浮舟は母の気遣いに背を向けるように、「世の中にあらぬところ」、つまり俗世間を遠く離れた隠棲の

地を求める歌を返す。このフレーズの直接的な出典は、

世の中にあらぬところも得てしかな年ふりにたるかたち隠さむ
（この世の中ではない、別の場所を手に入れたいものだ。年老いて醜くなった、我が容貌や姿を隠そう、と思うので）
（拾遺集・雑上・五〇六）

という、世間から年老いた我が身を隠す場所を求めた嘆老歌である。

どうも後ろ向きな娘の歌を受けて、母はさらに励ましの歌を詠んで送る。この「うき世にはあらぬところ」を求める母の返歌については、一見すると、あたかも娘に出家を勧めているかのようでもある。たしかにこの母は、人前ではしばしば「浮舟を出家させたい」というような発言を繰り返してきた。しかし忘れてはならないのは、それらが貴族社会で辛酸をなめてきた彼女のことさらな卑下の態度、老獪な処世術の一環であったという点である。

母の本心が、この不幸な娘にどうにかして人並みの幸せを、すなわち幸福な結婚を、という願いに着地することは言うまでもない。「うき世にはあらぬところ」の願いは、出家者がわび住まいをする山奥などではあり得ず、あくまでも俗世間の中で、娘がつらい思いをしないような別世界というほどの意味であるに過

ぎない。

　一方、内心では上流社会に憧れつつも、向けられた心配に対してはわざと平気を装う、といった浮舟の態度はなんともあわれである。これを母への気遣いと見るか強がりと見るか、そのあたりの読み方は人それぞれであろうが、ともあれ浮舟の側に立って見れば、本心を押し隠したこの歌はそれなりの切実な心情の発露ではあろう。しかしひたすらに娘の幸福を願う母には、その「ことば」は「幼げ」としか解釈されず、浮舟の葛藤や諦念といった複雑な感情は、出口を失ってくすぶりつづけることとなる。この母子のすれ違いは、のちの悲劇的な展開の重要な伏線となっている。

　さて、こうした浮舟のネガティブな心情は、少し前の場面の内容を引き受けて書かれている。


〔母〕「あはれ、この御身(み)ひとつをよろづにもて悩みきこゆるかな。〔中略〕便なきことも出で来なば、いと人笑へなるべし。〔中略〕」と言ひおきて、みづからは帰りなんとす。君〔浮舟〕は、うち泣きて、世にあらんこととところせげなる身と思ひ屈したまへるさまいとあはれなり。親、はた、まして、あたらしく惜しければ、さるかたはらいたきことにつけて、人にもあはあはしく思はれ言はれんがやすからぬなりけり。

（母君は、「なんとおかわいそうな、あなたの御身ひとつのお世話にわたしはあれこれと悩んでいるのです。（中略）もしここで不都合なことでも起ったら、それこそほんとに世間のもの笑いとなりましょう。（中略）」と言いおいて、母君自身は帰邸しようとする。女君は泣き出して、この世に生きていこうにも肩身の狭い身の上よと、うちしおれていらっしゃる様子がまことにいじらしく思われる。母親はまた母親で、いっそう娘をこのままにしておくことがもったいなく残念でならないので、なんとか無事に願いどおりの縁組をさせてやりたいと思うのだが、あしたみっともない事件のために、世間からあさはかな女と思われたり言われたりするかもしれないのが不安なのであった。）

（東屋巻）

浮舟は亡くなった親王がお手つきの女房に生ませた子であった。彼女の血統は、中流階級の人々から見ればたしかに貴種ではあるが、上流階級の人々から見れば劣り腹の娘に過ぎない、という、当時の身分社会にあってはいかにも中途半端な位置にある。縁故を頼って身を寄せた二条院では、思いがけず匂宮に女房風情と間違えられ、無体な振る舞いを受けることとなった。事態を憂慮した母は、浮舟の身柄を別邸に移す。右はその直後の場面である。「人笑へ」を恐れる母の恥の

人笑へ　世間から嘲笑を受ける状態。『源氏物語』では多く女君に関して用いられる。当時の貴族の行動を非常に強く拘束する。

意識に連動して、浮舟の中に、我と我が身に対する落胆の思いが育まれていくのであるが、そうした苦しい心情が「世にあらんことところせげなる身」という表現に凝縮されている。

こうした浮舟の「身」意識は、匂宮と薫との三角関係に陥る浮舟巻を経て、後の手習(てならい)巻ではっきりと問題化されることとなる。そしてその際、「世の中にあらぬところ」という印象的な「ことば」が再び本文中に呼び起こされてくる。

昔の山里より、水の音もなごやかなり。［中略］

尼君ぞ、月など明き夜は、琴(きん)など弾きたまふ。少将の尼君などいふは、琵琶弾きなどしつつ遊ぶ。［尼君］「かかるわざはしたまふや。つれづれなるに」など言ふ。昔も、あやしかりける身にて、心のどかにさやうのことすべきほどもなかりしかば、いささかをかしきさまならずも生ひ出でにけるかなと、かくさだすぎにける人の心をやるめるをりをりにつけては思ひ出づ。なほあさましくものはかなかりけると、我ながら口惜しければ、手習に、

［浮舟］身を投げし涙の川のはやき瀬をしがらみかけて誰かとどめし

思ひの外に心憂ければ、行く末もうしろめたく、疎ましきまで思ひやらる。

［中略］何ごとにつけても、世の中にあらぬところはこれにやあらんとぞ、

かつは思ひなされける。

（この小野の地は、以前に住んでいた宇治の山里よりは水の音も穏やかである。

（中略）

尼君は、月などの明るい夜には琴をお弾きになったりする。少将の尼君などという人は、琵琶を弾いたりしては興じている。「あなたはこうした遊び事はなさいますか。所在なくお寂しいでしょうに」などと尼君が勧める。女君は、昔も普通ではない不運な身の上だったので、落ち着いてそのような芸事を習うゆとりもなかったのだから、何ひとつとして風流の嗜みを身につけることもなく育ったものよと、こうして年老いた人々が気晴らしをしているような折々につけて過往のことを思い出すのである。やはり嘆かわしくとりえのない身の上だったのだと、我ながら情けなく思われるので、手習に、

身を投げし……（涙にくれて身を投げた川の早瀬に、誰がわざわざしがらみをかけてこの自分をひきとめ救ってくれたのだろう）

心外にも助けられたことが情けないので、これから先もどうなることかと心もとなく、我とわが身に愛想の尽きるような思いにさえならずにはいられない。（中略）何事につけても、この世ならぬ別世界というのはこうした山里だろうかと、一方ではそれもよかろうと思いあきらめるのであった。）

（手習巻）

図９　小野　国文学研究資料館所蔵　浮田一蕙筆『源氏物語絵巻』手習巻　小野は比叡山のふもと、現在の一乗寺北から八瀬大原の一帯。不遇の貴人や女性の隠れ住む地として文学作品にも多く取り上げられた。

右は三角関係に思い悩みとうとう失踪した浮舟が、小野の山里で蘇生した後の箇所である（図９）。浮舟は自らの正体を誰にも明かさない。そして山里では何から何まで都とは違っているために、浮舟は「世の中にあらぬところはこれにやあらんとぞ、かつは思ひなされ」るに至ったと書かれている。

浮舟は「別世界とはこの地のことかしら」と思いつつも、漠然とした不安を感じている。都人とは違う賤しい存在と見下していた小野の人々でさえも、月夜に楽器を演奏するなどの風流さを持っているのに、自分にはそうした嗜みがない（浮舟は琴が苦手なのである）。また、いくらさびれた山里であっても人の出入りはあり、結局は都から完全に隔絶されているわけではない。そうしたさまざまな不安を抱きつつも、ことさらに「思ひなされける」という叙述からは、この地がぜひとも「世の中にあらぬところ」であってほしいという浮舟の強い願望が看取される。

浮舟は、隠れ家にあっても相変わらず迫ってくる俗世間の価値観から逃れるように、今よりもさらにもっと奥の「あらぬところ」を希求する。そのような思考のパターンが、東屋巻と手習巻、浮舟をめぐる物語の始発部と終末部で繰り返される。かつて行き場をなくし三条の小家で意気消沈する浮舟の姿は、都の上流貴族に縁づけたいという希望を持った母の目には残念なありさまと思われたのであったし、小野の尼たちの庵においても、風流事に参加しないのは無粋な者として、やがて「埋もれてなんものしたまふめる（引きこもったままでおられるようです）」（手習巻）と嘲笑されることとなる。そのような、俗世間の価値観によって自己を裁断、評価されることから逃れ、身を隠すべく、浮舟は繰り返し「世の中にあらぬところ」を希求する。しかし、その心の奥には華やかな生活への憧れが根深くひそんでいることは言うまでもない。

嘆老歌の二面性の継承

さて、浮舟が二度にわたり用いた「世の中にあらぬところ」という「ことば」は、先述したように、そもそもは世間から年老いた我が身を隠そうとする嘆老歌に見られるフレーズであった。『源氏物語』最後のヒロインである浮舟の周辺にこの「ことば」が繰り返されることは、いったい作者のどのような意図によるものだろうか。そもそも老いと出家・隠棲のテーマは若く美しい浮舟にはそぐわないようでもある。

意外かつ興味深いことであるが、ここで嘆老歌の表現史をあらためてたどり直してみると、「老い」の悲しみの中に「笑ひ」の要素を含む諧謔的な歌々の系譜が浮かび上がってくる。たとえば『古今集』には次のような歌がある。

なにをして身のいたづらに老いぬらむ年の思はむ事ぞやさしき
(いったい何をしてこの身はむなしく老いてしまったのだろう。重ねてきた「年」がなんと思うか、それが恥ずかしい)
(古今集・誹諧歌・一〇六三)

右は「誹諧歌」の一つである。悲劇は喜劇と同居することで、しばしばいっそうの味わい深さを獲得する。

このように、身の不遇や憂き目を避けてどこかへ隠遁したい、と嘆く歌は多く、『古今集』雑下にはそうした歌ばかりを集めた歌群もある(図10)。その始めと終わりの二首は次のとおり。

みよしのの山のあなたに宿もがな世のうき時のかくれがにせむ
(吉野の山の奥に宿がほしいものだ。世の中がつらい時の隠れ家にしよう)

世を捨てて山に入る人山にても猶うき時はいづち行くらむ

誹諧歌 『古今集』の誹諧歌は、正統で典雅な歌から外れていると選者から認定された歌である。滑稽味を帯びる。

図10　遁世歌群　国文学研究資料館所蔵『古今和歌集』冷泉家に秘蔵されていた定家自筆本を子孫が書き写した経緯が奥書に残る貴重な本。

（世を捨てて山に入る人は、山でもまだつらいことがあった時には、いったいどこへ行くのだろうか）

（古今集・雑下・九五〇・九五六）

世の憂き目を避けて「山」へ行く老若男女の主な目的は、なんといっても情けない我が身を隠すことにあった。仕事の面での不遇、あるいは恋愛における逆境をひとまず意識せずにすむ「かくれが」（九五〇）の象徴として、「山」が選びとられている。ただし人々は、「山にても猶うき時」（九五六）があり得ることも十分に承知しており、理想郷としての「山」のイメージを相対化するリアルな視点も持っていた。

総じて、嘆老歌や遁世歌においては、老人や出家者は俗世間の人々から「笑ひ」の対象とされるものであり、そのために隠棲願望がうたわれもする。しかし同時に、そうした願望じたいを笑い飛ばすような諧謔味がしばしば顔を出すというのは、興味深い特徴である。

ここであらためて「世の中にあらぬところ」詠を含む『拾遺集』雑歌の歌群の全体像を見てみると、始めはまじめに遁世を願いつつも、次第にその悲劇性を相対化するおかしみの要素が強まってゆく構成となっていることに気がつく。

加階(かかい)し侍べかりける年、えし侍らで、雪の降りけるを見て

うき世にはゆきかくれなでかきくもりふるは思ひのほかにもあるかな

（憂き世を行き隠れることができないで、雪が空をかき曇らせて降るように、暗い気持ちで世に経るのは予想外のことだよ）

つかさ申すにたまはらざりけるころ、人のとぶらひにおこせたりける返事に

わび人はうき世の中に生けらじと思ふ事さへかなはざりけり

（失意の我が身は、憂き世の中に生きていたくない、と思うことまでが、かなわないことであった）

世の中にあらぬところも得てしかな年ふりにたるかたち隠さむ

世の中をかく言ひ言ひのはてはてはいかにやいかにならむとすらん

（この世の中を、このようにあれこれと言い言いして、そのあげくの果ては、いったいまたどのようになろうとするのだろう）

（拾遺集・雑上・五〇四（清原元輔）・五〇五（源景明）―一〇七）

浮舟が繰り返し想起する「世の中にあらぬところ」というフレーズは、この歌群では、昇進できない辛さをぼやく歌二首の続きの歌に出てくる。もはや世間に必要とされなくなった我が身を、人々の視線の届かないところに隠したい、という思いを詠んだものである。同じく『拾遺集』には、「秋ごとに刈りつる稲は積みつれどおいにける身ぞおきどころなき（秋が来るたびに刈り取った稲は、置く場所があって、積んできたけれども、年老いてしまった我が身は置く場所もない）」（雑秋・一一二四・壬生忠見）のように「我が身の置き所のなさ」を述べる歌がある。このあたりの、紫式部の時代に人々の共感を得ていた「ことば」の様態をあわせて考えてゆくと、老いと出家・隠棲のテーマが浮舟の物語で果たすべき役割がおぼろげながら見えてくる。

「世にあらんことところせげなる身」（東屋巻）として、居場所のなさを痛感している浮舟にとって、「世の中にあらぬところ」というのはまさしくひとつの理想郷だと言える。そのような浮舟の物語は、平安中期の嘆老歌や遁世希求歌群の「ことば」を適宜にコラージュしつつ形作られていると言えるだろう。以下、さらに考察を続けたい。

〈エロス〉と〈タナトス〉の行方

浮舟の失踪は世間で笑い物になることを恐れたための行動であったが、逃避先の小野の山里にあってもなお不甲斐ない我が身を痛感し、やがてそうした現実から逃れるようにして、とうとう出家が敢行される。「かくれが」への憧れを象徴する「世の中にあらぬところ」という「ことば」は、浮舟の心情、さらにはこの『源氏物語』最後のヒロインをめぐる物語を深く読みとくための手がかりとして機能する。悲劇と喜劇の二面性は、物語における老いや死といった〈タナトス〉の問題の扱われ方としだいに顕著に連動してくる。

手習巻に至って姿を現す小野の山里の老尼たちは、さまざまな事情を抱えてこの地に流れ着いたと思われ、その点では浮舟と大して変わらない存在である。しかし彼女たちの周辺に、悲劇的な叙述はおよそ見当たらず、むしろその楽観的な「老い」の様子がユーモラスに描かれている。それはあたかも、若き浮舟の悲壮な心境と対比させるかのごとくである。

姫君［浮舟］は、いとむつかしとのみ聞く老人（おいびと）のあたりにうつぶして、寝（い）も寝られず。宵まどひは、えもいはずおどろおどろしきいびきしつつ、前にも、うちすがひたる尼ども二人臥して、劣らじといびきあはせたり。いと恐ろしう、今宵この人々にや食はれなんと思ふも、惜しからぬ身なれど、例の心弱さは、一つ橋危うがりて帰り来たりけん者のやうに、わびしくおぼゆ。
［中略］
供にてわたるべき人もとみに来ねば、なほ臥したまへるに、いびきの人はいととく起きて、粥などむつかしきことどもをもてはやして、［大尼君］「御前に、とくきこしめせ」など寄り来て言へど、まかなひもいと心づきなく、うたて見知らぬ心地して、［浮舟］「なやましくなん」と、ことなしびたまふを、強ひて言ふもいとこちなし。

（女君は、話に聞いてはただ気味わるくばかり思っている老尼君の近くにうつぶせに臥して、眠ることもできずにいる。宵のうちから寝入っている老尼君は、なんとも言いようのない大げさないびきをかき続けて、そのそばにはまた、それに劣らず年老いた尼たちが二人、我劣らじといっしょにいびきをかいている。女君はじつに恐ろしくて、今夜この人たちに食い殺されてしまうのではないか、と思うにつけても、いまさら惜しまれる身ではないけれど、例の気弱な性分から、丸木橋を怖がって戻ってきたとかいう人のように、心細くやるせない気持である。（中略）

ご自分の部屋に戻るのにも付き添ってくれるはずの女童がすぐには現れないので、そのまま臥せっていらっしゃると、あのいびきの主の尼君たちは早々に起き出してきて、粥だとか、見向きもしたくないあれこれの食い物とかをさもご馳走のようにして、「あなたも早く召しあがれ」などと近寄ってきて言うけれど、そうした老尼のお給仕もほんとに気に障るし、こんなことははじめてのいやな心地もして、「気分がすぐれないものですから」とそれとなくお断りになるのを、無理に勧めるとはまことに気のきかぬことである。）（手習巻）

これは浮舟の出家直前の場面である。夜どおし、化物じみた老尼たちのおどろおどろしい「いびき」の合奏を聞き、「食い殺されてしまうのではないか」とおびえる浮舟と、翌朝、自分が相手にそんな恐怖を与えていたとも知らず呑気に粥を勧める「いびきの人」（大尼君）とのやりとりが絶妙である。ここでは、浮舟と老尼たちとは年齢も境遇もおよそかけ離れた存在のように見える。とはいえ浮舟もその気になれば、尼たちの生活に容易になじんでゆけるような素質を持っているようである。

［少将の尼］「苦しきまでもながめさせたまふかな。御碁を打たせたまへ」と言ふ。［浮舟］「いとあやしうこそはありしか」とはのたまへど、打たむと思しければ、盤取りにやりて、我はと思ひて先せさせたてまつりたるに、いと

こよなければ、また手なほして打つ。〔中略〕さだ過ぎたる尼額の見つかぬに、もの好みするに、むつかしきことどもしそめてけるかなと思ひて、心地あしとて臥したまひぬ。

（少将の尼は、「おそばの私もつらくなるほど思い沈んでばかりいらっしゃいますのですね。御碁をお打ちあそばせ」と言う。「ほんとに不調法でしたから」とはおっしゃるけれど、打ってみようというお気持ちになられたので、少将の尼は碁盤を取りにやって、どうせ自分のほうが上手だろうと思い、先手をおさせ申したところが、まったく歯も立たなかったので、今度はこちらが先手になって打ち直す。（中略）よい年をした尼額のみっともない姿でこんな物好きなことをするのを、女君は、厄介なことに手を出してしまったものよと思って、気分がよくないからと臥せっておしまいになった。）

（手習巻）

出家を遂げた浮舟は、妹尼に冗談を言ったり碁を打って気晴らしをしたり、修行に精を出したり、あるいは再び葛藤の意識にとらわれたりしている。読者は浮舟の心情をたどりながら、回復と再生のステップを追体験してゆく。老尼たちの生活ぶりもまた、こうした単調な日々の繰り返しの先にあるのだということも自然と理解されてくるだろう。

物語作者の挑戦

小野の山里の人々は、よく食べよく遊びよく眠り、それなりに充実した生活を送っている。都の人間関係に絶望し、あわれに死にゆくはずの浮舟は、「世の中にあらぬところ」で老尼たちと出会ったことで、逆に生きる力を得たとも言える。彼女たちのしたたかに明るい〈エロス〉の力が、〈タナトス〉へと逃避しがちな浮舟のネガティブなものの見方に、少しずつ、しかしたしかな影響を及ぼしたと読むこともできるだろう。

彼女たちは、決して死後の極楽往生のみを願って粛々と暮らしているわけではない。むしろ出家後もまだ続く日々の営みの中で、おおらかに生を楽しむことをいとわない。そこには嘆老歌や出家遁世歌群の「ことば」に支えられながら、時に人間性を否定することもある空疎な「みやび」の価値観を解体し、〈エロス〉の力によって再構築しようとする物語作者の挑戦があるのかもしれない。

三▼梅香をめぐる官能性と老い

浮舟詠と『紫式部集』四六番歌

ここまで、『源氏物語』のいくつかの場面に沿って、先行する和歌の「ことば」のコラージュが、物語世界をいかに複雑で豊かなものとしているかという点を確認してきた。「ことば」を織り重ねられた物語は、より一層の厚みと、よりこまやかなニュアンスを獲得することとなる。ストーリーの展開という大きな事柄に比べると見過ごされやすく、また現代語訳になると省略されてしまいがちな点ではあるが、そうした表現の工夫を楽しめることこそが、物語の原文ならではの魅力だと言ってよい。本章ではいま一歩踏み込んで、そうした「ことば」のコラージュを行う際の、作者紫式部の思考の道筋を追いかけてみたい。取り上げるのは、前章からの続きの浮舟の物語である。

『源氏物語』手習巻に、出家した浮舟の独詠歌とされる歌（「袖ふれし」詠）を含む次のような場面がある。

ねやのつま近き紅梅の色も香も変らぬを、春や昔のと、こと花よりもこれに心寄せのあるは、飽かざりし匂ひの染みにけるにや。後夜に閼伽奉らせたまふ。下﨟の尼のすこし若きがある召し出でて花折らすれば、かごとがましく散るに、いとど匂ひ来れば、

［浮舟］袖ふれし人こそ見えね花の香のそれかとにほふ春のあけぼの

（女君の居間の軒端に近い紅梅が、色も香も昔見たのと変らずに咲きにおっているのを、「春や昔の」と、ほかの花よりとりわけこの花に心ひかれるのは、いつまでも飽くことのない逢瀬であったお方のにおいが忘れられないからだろうか。後夜の勤行に閼伽をお供えになる。下﨟の尼の少し年若なのをお呼び出しになってその花を折らせると、恨みがましくも散って、ひとしおにおいをただよわせてくるので、

袖ふれし……（袖を触れて私ににおいを移したお方の姿は見えないけれど、そのお方のそれかと思わせるように花の香がにおってくる春の明け方よ））

（手習巻）

一方『紫式部集』▲には、紫式部が絵を見て詠んだという歌がある（図11）。

『紫式部集』　紫式部の家集。自撰説が一般的（晩年の成立か）。少女期の歌に始まり、越前下向期、宮仕え期などおおむね時系列に沿って自身の歌を整理する。

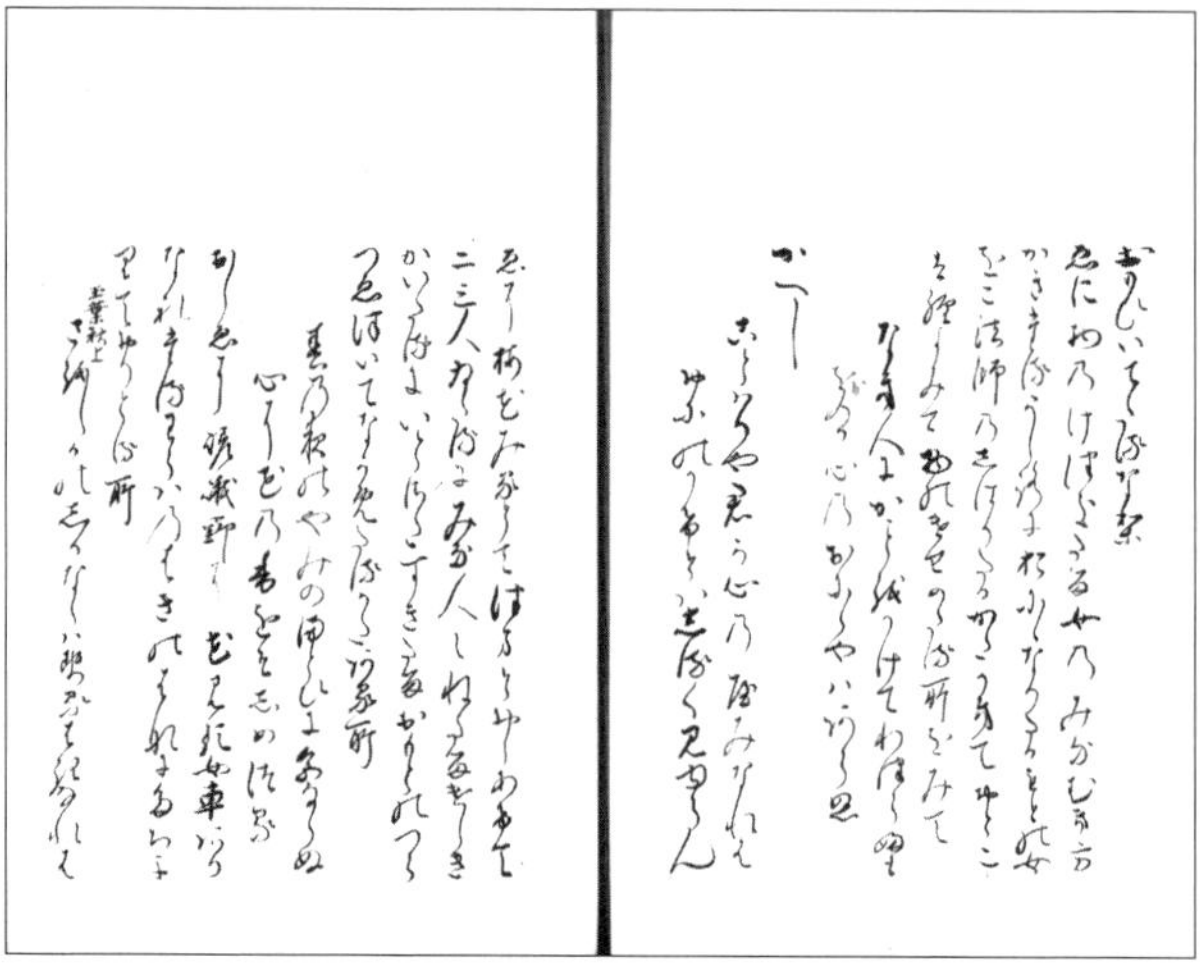

図11 『紫式部集』 国文学研究資料館所蔵 該本は『和泉式部集』『御堂関白集』など同時代の人々の家集と合写。

絵に、梅の花見るとて、女、妻戸押し開けて、二三人居たるに、みな人々寝たる気色かいたるに、いとさだすぎたるおもとの、頬杖ついてながめたるかたあるところ

春の夜の闇のまどひに色ならぬ心に花の香をぞ染めつる

（春の夜の闇に惑わされて、華やかさを失った心に、梅の香りを染み込ませていることです）（紫式部集・四六）

両者の状況を比較してみると、季節は春で、梅の花が咲き、深夜から明け方にかけての時間帯であること、女ばかりの寝所が近いこと、眠らずに起きている女の心情が題材であること、暗闇にただよう梅の香りに心をまどわされていること、といったように共通点が多いことに気がつく。手習巻の方は尼（浮舟）、『紫式部集』の方は老女が中心人物となっている点は少し異なっているが、恋の気分とは無縁の立場であるはずの人間が、馥郁たる梅の香りに誘われて陶然としている点は同じである。またいずれも次の有名な『古今集』歌とのかかわりを持ち、発想の基盤が同じであることがうかがえる。

春の夜梅花をよめる

春の夜の闇はあやなし梅の花色こそ見えね香やはかくるる

（古今集・春上・四一・凡河内躬恒）

（春の夜の闇はむだなことをする。梅の花は、たしかに色は見えないけれど香は隠れることがあろうか）

これまで、若く美しい浮舟と「いとさだすぎたるおもと」のイメージの乖離（かいり）もあってか、両者の表現的な共通性はさほど注目されてこなかった。とはいえ『源氏物語』と『紫式部集』が、いずれも紫式部の手に成るとされている作品である以上は、二つの作品の創作に際しての枠組や構想の共通性について、もう少し探れることはないだろうか。

「さだすぎたる」女と梅香の〈エロス〉

先に見た『紫式部集』の歌を含む歌群は、紫式部が絵を見ながら、その作中世界に立ち入って詠んだ歌から成る。ある時は絵の中の人物に成り代わり、またある時は呼びかけるような気分で詠む、という虚構的な趣向を持つこの歌群には、さまざまなレベルで『源氏物語』の創作との関連が想定されている。

図12　『伊勢物語』　国文学研究資料館所蔵　鉄心斎文庫『伊勢物語図絵』　老女が物陰から男をのぞく。

もともと「春の夜の闇」と「梅」との組み合わせは先の『古今集』四一番歌をはじめ、格別珍しいものではない。

ところがそうした歌々と比較してみると、官能的な恋の気分にひたる主体を老女や尼とする紫式部の趣向はやはり変わっている。老女の好色性といえば、『伊勢物語』▲（図12）のつくも髪の老女のエピソードなどが有名だが、当時の一般的な恋物語の趣向とは言いがたい。さらに手習巻のごとく、出家した尼と官能性との融合となると、もはや説話文学の領域にかかるような、一種の滑稽譚に展開する危険性を帯びてしまう。『源氏物語』のように貴族女性を主な対象読者とする物語の中で、そうした趣向をシリアスな場面として構築するには相当の配慮が必要とされたはずである。

じつは、紫式部詠に影響を与えた歌としては、次の伊勢詠▲が注目される（図13）。

屏風に、終夜物思ひたる女、頰杖をつきてながむるに

よもすがら物思ふときのつらづゑは腕たゆさも知らずぞありける

（夜どおし物思いにふける時の頬杖は、ついた腕のだるさにも、気がつかないもの

『伊勢物語』　平安時代の歌物語。和歌を中心に短い章段を集める。主人公の「男」は在原業平を思わせるが、史実と必ずしもイコールではない。

なのだなあ）

（伊勢集・一七三）

伊勢詠も屏風の絵を見て詠まれたものであり、夜間の時間設定や、女が「つらづゑ」をついて「ながむる」様子など、「ことば」の面でも紫式部詠との共通点は多い。ただし、伊勢詠では女の年齢は特に問題とされていないのに対して、紫式部詠には「いとさだすぎたる」との形容がなされ、その心持ちについてもわざわざ「色ならぬ心」という断りが入れてある点が注目される。紫式部の見た絵が実際どのような構図であったのかは不明である。しかしその絵の中に描かれていたはずの複数の女性たちのうち、とりわけ梅の花に見とれる老女の姿に注目したとすれば、紫式部は彼女の姿に強い興味を抱いたと考えて差し支えないだろう。

一方の手習巻の浮舟は、続く場面で「墨染」の「尼衣」を惜しまれるなど、出家者としてもはや華やかな恋など望むべくもない立場である。和歌に詠まれる際にも、俗世間の人の「心」にこそ移ろいやすい「花」の「色」があるのであって、出家者や喪

伊勢　貞観十七年（八七五）頃生―天慶元年（九三八）頃没か。宇多天皇女御温子（おんし）の女房として出仕し、歌人として活躍した。

図13　伊勢　国文学研究資料館所蔵『百人一首図会』伊勢詠「難波がた」。

中の人の「心」は不変の無色、あるいは「墨染」の黒色であるのが普通である。

世中の人の心は花染めのうつろひやすき色にぞありける

（世の中の人の心というものは、花染めの色のように色あせやすいものであったことよ）

（古今集・恋五・七九五）

ましてそもそも、俗世間にあっても心身に梅の香りが染み込む事態、すなわち恋の気分にひたるような状態は、浮気の証拠としてとがめられる類のものであった。

梅の花立ちよるばかりありしより人のとがむる香にぞ染みぬる

（梅の花のところにほんの立ち寄るくらいいただけなのに、人が「おかしい」と気を留めるくらい花の香がしみてしまった）

（古今集・春上・三五）

梅花香を吹きかくる春風に心を染めば人やとがめむ

（梅の花の香りを届けるように吹く春風に我が心を染めてしまったら、あの人はとがめるだろうか）

（後撰集・春上・三一）

紫式部詠の老女には「染めつる（染み込ませてしまった）」とあり、浮舟の方には「染みにけるにや（自然と染み込んでしまったのだろうか）」とあって、本人の能動性に若干のニュアンスの違いがある。しかしいずれにしても両場面は、女性の心、しかももはや色恋とは縁遠くなっているはずの心の中に、妖艶な「花の香」の〈エロス〉が深く染み込んでしまった、という禁忌的状況を描いたものと言ってよいだろう。本人の状況と梅花の〈エロス〉との「ずれ」こそが、両場面に共通するポイントであると思われる。

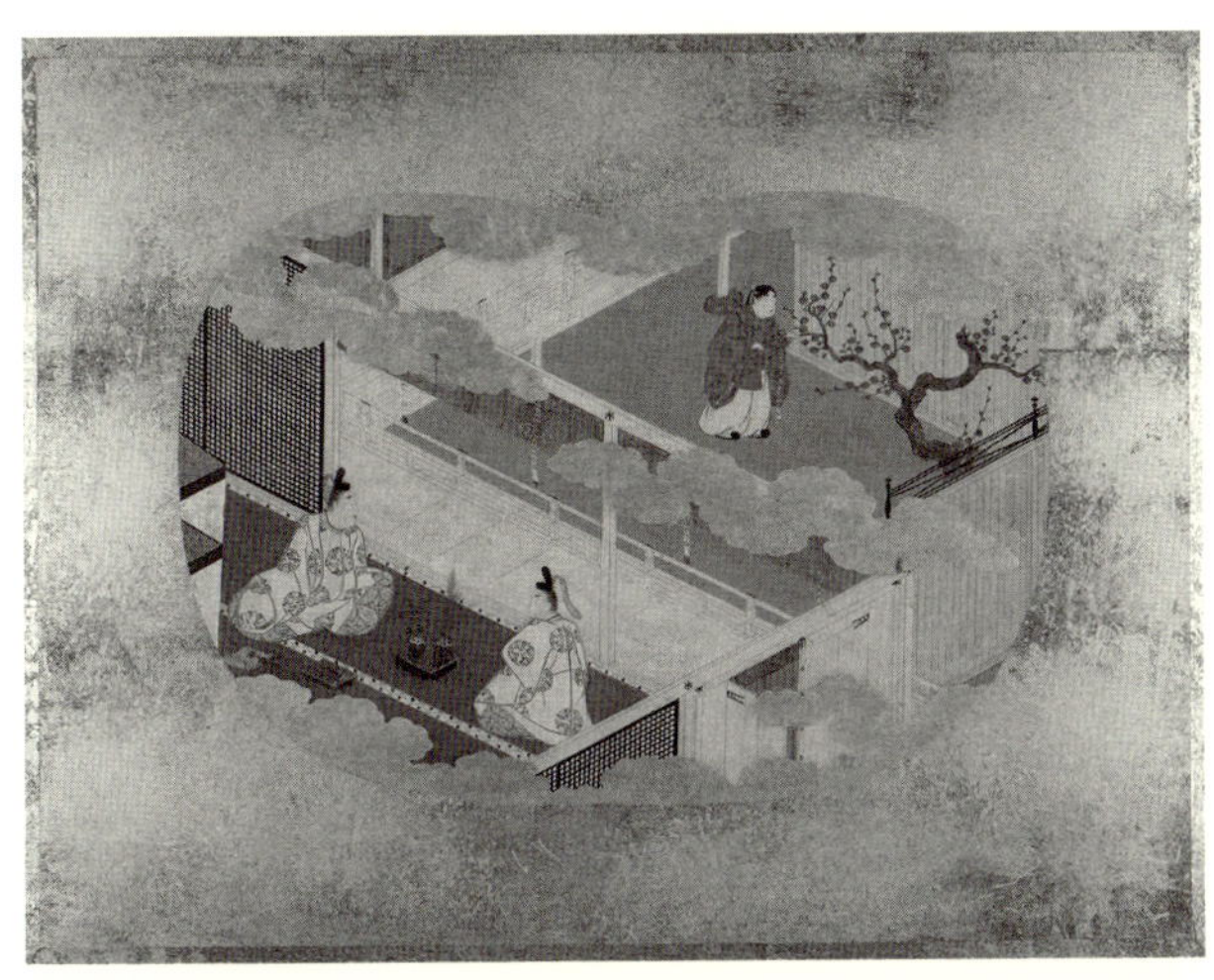

図14　朝顔斎院　国文学研究資料館所蔵『源氏物語団扇画帖』梅枝巻　朝顔斎院は桃園宮の姫君。賀茂斎院を務めた後、光源氏の求愛を避けつつ、生涯にわたり独身を貫く。

朝顔斎院のユーモア

『源氏物語』には、梅花について同様の趣向を持つ場面がほかにも見出される。梅枝巻、薫香の贈答に際しての光源氏と朝顔斎院とのやりとりである（図14）。

> 二月の十日、雨すこし降りて、御前近き紅梅盛りに、色も香も似るものなきほどに、兵部卿宮渡りたまへり。〔中略〕花をめでつつおはするほどに、前斎院よりとて、

散りすぎたる梅の枝につけたる御文持て参れり。〔中略〕沈の箱に、瑠璃の杯二つ据ゑて、大きにまろがしつつ入れたまへり。心葉（こころば）、紺瑠璃には五葉の枝、白きには梅を彫りて、同じくひき結びたる糸のさまも、なよびかになまめかしうぞしたまへる。〔蛍兵部卿宮〕「艶なるもののさまかな」とて、御目とどめたまへるに、

〔斎院〕花の香は散りにし枝にとまらねど移らむ袖に浅く染まめや〔中略〕

〔光源氏〕花の枝にいとど心を染むるかな人のとがめん香をばつつめど

御返りもその色の紙にて、御前の花を折らせてつけさせたまふ。〔中略〕

（二月の十日、雨が少し降って、お庭前の紅梅も盛りで、その色も香りもまたとない風情のころに、兵部卿宮がお越しになる。〔中略〕美しい紅梅を眺めておられるところに、前斎院からといって、花のわずかに散り残っている梅の枝に結びつけたお手紙を持ってまいった。〔中略〕沈の箱に、瑠璃の香壺を二つ据えて、その壺に、薫物を大粒にまるめてお入れになっている。心葉は、紺瑠璃の壺には五葉の松の枝、白い壺には梅を彫りつけたもので、同じように引き結んである飾り糸の様子も、やさしく優美な感じにこしらえていらっしゃる。宮が、「いうにいわれぬ風情ではありませんか」とおっしゃって、じっと目をそそいでいらっしゃると、

花の香は……（この薫物の花の香りは、花の散ってしまった枝と同様の私の身には役に立ちませんが、たきしめてくださる姫君のお袖には深く薫ることでございましょう）（中略）

大臣からのご返事も同じ色の紅梅の色紙で、お庭前の紅梅を一枝折らせて、これをおつけあそばす。（中略）

花の枝に……（あなたは、人が見咎めはしないかと香を隠していらっしゃるが、そうした花の枝とおっしゃるあなたに、私はいよいよ心をひかれるのです）

（梅枝巻）

舞台は六条院、二月の雨に濡れた紅梅の美しさが「色も香も」極まったその時、光源氏のもとに「散りすぎたる梅の枝」につけた薫香の贈り物が届く。差出人はかつての思い人、朝顔斎院である。斎院は花盛りの枝ではなく、わざわざ色香の衰えた枝を選んで歌をつけてきた。その歌も自らを「散りにし枝」と同じ老残の身と卑下する内容である。しかし、贈り物自体は「なよびかになまめかし」く、「艶なる」さまにしつらえてあり、居合わせた蛍兵部卿宮（ほたるひょうぶきょうのみや）▲の「御目」を引きつける。

光源氏と斎院は既に中年にさしかかっており、互いに今さら男女の関係に発展

蛍兵部卿宮　光源氏の異母弟。風雅な催し事の折、光源氏の傍らに欠かせない風流人かつ有識者として活躍する。

裳着　女性の成人式で、初めて裳をつける儀式。十二歳から十四歳頃、配偶者が決まった後に行うのが一般的である。

するほどの情熱もない。斎院からの薫香は、光源氏の娘である明石姫君(あかしのひめぎみ)の裳着▲の式のために依頼していたものが届いただけのことである。しかしこの場面における蛍兵部卿宮の「御目」は、いまだに二人の間に秘められたロマンスはないかとしつこく探り、期待している者の目であって、この目の存在によって、場面はしばし幻の「艶なる」華やぎをただよわせることとなる。

光源氏の返歌に用いられた「人のとがめん香」という「ことば」は刺激的である。また、この和歌のやりとりが女性の側から始まっているという点も積極的な印象を与え、恋の雰囲気を高める効果を持つ。このやりとりは結局、単なる中年男女の物品贈答の挨拶詠に過ぎない。しかしそうした現実的な状況とは別に、恋の駆け引きの体をなす和歌の「ことば」自体からは、否応なくみずみずしい〈エロス〉の気分が立ちのぼってきてしまう。そうしたある種の「ずれ」は、この場面に一層の奥行きをもたらしている。

加えて、ここで斎院が心を託した散りゆく梅花の象徴性に注目してみれば、それは浮舟尼の周辺で無残にも「かごとがましく」散る花びらの情景とも重なってこよう。老いゆく我が身と梅香を結びつける仕草には、女性側のユーモアの余裕が感じられる。光源氏の返歌は、そのかすかなコケットリーをやさしく受けとめる体のもので、斎院の洒落た趣向に賞賛をもって応えたのであった。

紫式部の操る「ことば」の群れは、単なる状況説明にとどまらず、しばしば第二、第三の文脈を空中にただよわせながら、物語世界を重層的で豊かなものにする。梅花の〈エロス〉のモチーフは、決して好色に卑俗化されてしまうことなく、人生経験を積んだ女性の複雑な思いの表現手段となり得ていると言えよう。

手習巻の浮舟と〈タナトス〉

ふたたび手習巻に戻って考察を続けたい。この巻は、薫と匂宮という二人の男による板挟みの関係に悩んで失踪した浮舟のその後を語る巻である。後半では緊迫した浮舟の心境とあえて対照させるかのように、小野の老尼たちの安楽なありようが描かれるという構図が顕著である。若く美しい浮舟の出家が、老いや死といった〈タナトス〉の問題と密接な関係を持っていると考えられることは、前章で確認したとおりである。

「袖ふれし」詠の場面は、秋に敢行された出家ののち、季節が冬から早春、春へと推移してゆく流れの終末部に相当する。浮舟は、山里でひっそりと年老いてゆく我が身の運命をしみじみと思いつつ、小野の妹尼とともに新年を迎える。その後は場面がコミカルに転じ、あの「いびき」の大尼君がすっかり呆けてしまった様子で登場する。一連の時間の流れは、尼となった浮舟の将来を、読者にさまざまに想像させる装置のようでもある。

浮舟の真意は、物語の文脈に戻してみると、じつはよくわからない。まず、「袖ふれし人」というのが薫と匂宮のどちらを指しているのか、判断の決め手がないため、浮舟が誰について何を思い出しているのか具体的にイメージしづらい。出家後にもなおどうしても忘れられない「人」とはいったい誰なのか。そもそもこの場面には、「飽かざりし匂ひの染みにけるにや」という語り手の推測的文言のほかには細かな心内叙述が一切ないのである。読者はこの時の浮舟の心情を知りたいと思ったら、地の文の叙述と、ここにちりばめられた景物の比喩的な側面からさまざまに想像力を働かせなければならない。

ここではひとまず、この歌の周辺に濃厚な〈エロス〉の雰囲気がただよっているという点に、最大の注意を払っておきたい。日頃は尼として禁欲的な生活を励行しているはずの浮舟が、和歌の中では打って変わって恋の気分に陶然としているというのは、いわば矛盾をはらんだ状態である。この場面には仏教的な罪の意識などは一切感じられないわけだが、そうしたあまりにも無防備な〈エロス〉の発露を、すべて浮舟ひとりの心情と見てしまってよいのだろうか。あえて言うならば、傷ついた浮舟の心が段階的に再生してゆくさまを読み取ろうとした時、この「袖ふれし詠」の位置は若干早すぎるように思われるのである。

この問題について考える時、手習巻でしばしば繰り返される小野の尼たちの老いと浮舟との不即不離の構図が生きてくる。すなわち、「袖ふれし」詠の心情の主体には、もしかすると隠棲する老尼たちの全体像を重ねて見てもよいのではないかということである。過去の自分の恋に対する肯定的な捉え方は、若い浮舟よりもむしろ、人生の終盤を迎えた老尼たちにこそふさわしいように思われる。少々強引かもしれないが、そのようなアプローチで、この場面の読み方を更新することはできないだろうか。

「画賛的和歌」と紅梅の記憶

じつは、「袖ふれし」詠の場面については、近年「画賛的和歌」という視点が導入され、和歌と散文の関係について盛んに議論されているところである。「画賛」はこの場合、絵に対して貼付された（あるいは書きつけられた）和歌や詩歌を指す。物語における「画賛的和歌」というのは、物語内の状況に対し、外側にいる第三者が感動を述べたり、作中人物の心中に立ち入ったり、話の内容をまとめたりするというような、一歩引いた地点から貼りつけられたような和歌ということになる。そのような、作中人物の心情を超えて浮き上がったような性質を持つ和歌が、『源氏物語』にしばしば見出されるというのである。

この視点の導入は、『源氏物語』の和歌的表現の研究において画期的な事件となった。従来は、物語内の状況としてはとても和歌など詠めるような局面ではないにもかかわらず、作中の誰かしらの「独詠歌（どくえいか）」（独り言として口ずさまれた歌）や「手習歌」（独り言として書きつけられた歌）にひとまず分類され、不自然な解釈がほどこされることもまま見られた。しかしそうした和歌を「画賛的」なものとして捉えれば、作中人物の動きなどの制約を離れて、そこで和歌が必要とされたことの意味をある程度自由に論じることが可能となる。まさに発想の転換であろう。さらにこの視点が、虚構の物語世界の外側にいる、現実の作者や読者のまなざしと共通のものでもある点も重要である。

「袖ふれし」詠の機能をそうしたメタレベルな視点から捉えてみた場合、一首の内容は浮舟個人の心情、あるいは物語内の文脈を超えた広がりを獲得する。この歌を必ずしも無理に前後の浮舟の行動と直結させて読む必要がなくなるためである。また「画賛」の発想は、まさに『紫式部集』の絵をめぐる歌群と軌を一にするものでもあろう。このように柔軟に捉えてみると、創作にかかわる紫式部の思考の道筋が、少しずつ明らかになってくるのではないだろうか。

さらに「紅梅」という景物をめぐっては、紫式部の血縁者の詠歌にもそのルーツを探ることができる。周知のとおり、『源氏物語』には紫式部の曾祖父・藤原兼輔の次の歌がしばしば引用されている（図15）。

　太政大臣の、左大将にて、相撲の還饗し侍りける日、中将にてまかりて、事終はりてこれかれまかりあかれけるに、やむごとなき人二三人ばかりとどめて、客主酒あまたたびの後、酔ひにのりて子どもの上など申しけるついでに

人の親の心は闇にあらねども子を思ふ道にまどひぬるかな

（人の親の心は夜の闇ではないけれど、闇夜に道に迷うように、子を思う道に迷ってしまいました）

（後撰集・雑一・一一〇二・藤原兼輔）

　この歌は『後撰集』に採られたほか、『古今和歌六帖』や『大和物語』にも入るなど、早くから相当に有名であったことがうかがえる。紫式部は、自らの曾祖父の歌に対する高い評価を栄誉と捉えて、自らの物語にも頻繁に引用していた。

　かつて兼輔の邸があったとされる廬山寺（京都

図15　藤原兼輔　国文学研究資料館所蔵『歌仙絵抄』　兼輔詠「ひとのおやの」。

藤原兼輔　元慶元年（八七七）生—承平三年（九三三）没。堤の中納言と称された醍醐朝の文化人。権中納言・右衛門督に昇り従三位に至る。三十六歌仙の一人として家集に『兼輔集』があるほか、勅撰集にも多くの歌が収載された。

『大和物語』　平安時代の歌物語。和歌を中心にやや長めの章段を集める。当時流行していたゴシップや古伝承、和歌説話などを収める。

市上京区）の一帯は、今日では京都観光の名所ともなっている。この兼輔邸には立派な「紅梅」が植えられていたようで、これにちなんだ紀貫之▲詠も残されている。

兼輔朝臣のねやのまへに紅梅を植ゑて侍りけるを、三年ばかりの後、花咲きなどしけるを、女どもその枝を折りて、簾の内より「これはいかが」と言ひ出だして侍りければ

春ごとに咲きまさるべき花なれば今年をもまだ飽かずとぞ見る

（この先、春ごとにますます見事に咲くにちがいない花ですから、今年の花をもまだ物足りなく思って見ています）

はじめて宰相になりて侍りける年になん　（後撰集・春上・四六・紀貫之）

これは兼輔と交流の深かった紀貫之が、兼輔の昇進を祝い、邸の見事な「紅梅」に寄せて贈った一首であった。紫式部の時代には、貫之はすぐれた歌人として既に崇敬の対象となっており、彼が一族の家門の栄達を特に言祝いだ歌、さらに勅撰集にまで収められることとなった歌の存在は相当な栄誉として意識されたと考えられる。こうした栄誉の記憶によって、紫式部も、また娘の大弐三位賢子▲

紀貫之　生没年未詳。従五位上。『古今集』の撰者。多数の屏風歌や歌合の作を詠進した。家集に『貫之集』がある。

大弐三位（藤原）賢子　生没年未詳。山城守藤原宣孝と紫式部との間に生まれる。公卿たちとの華やかな恋を経て、太宰大弐高階成章と結婚。後冷泉天皇の乳母となり、三位に叙される。

も自邸の紅梅に関する歌を詠んでいる（図16）。

紅梅を折りて里より参らすとて

埋れ木の下にやつるる梅の花香をだに散らせ雲の上まで

（人目に立たぬ木々の下に埋もれて咲く我が家のしがない梅の花です。花の色はともかく、せめて香りなりと雲の上―宮中まで届いてほしいものです）

（紫式部集・一〇二）

上東門院、世をそむき給ひにける春、庭の紅梅を見侍りて

梅の花なに匂ふらむ見る人の色をも香をも忘れぬる世に

（梅の花はどうして、あのように美しく咲いているのであろう。見るお方が美しい色をも香をも忘れてしまっていられる世に）

（新古今集・雑上・一四四六・大弐三位賢子）

兼輔邸の「紅梅」は、貫之詠においては「女ども」の「ねや」と深く結ばれるものであった。紫式部詠の「梅の花」の色は白いか紅いか不明であるが、見ていた絵にも女たちの寝所が描かれていたようである。さらにまた、『源氏物語』の「袖ふれし」詠も浮舟の

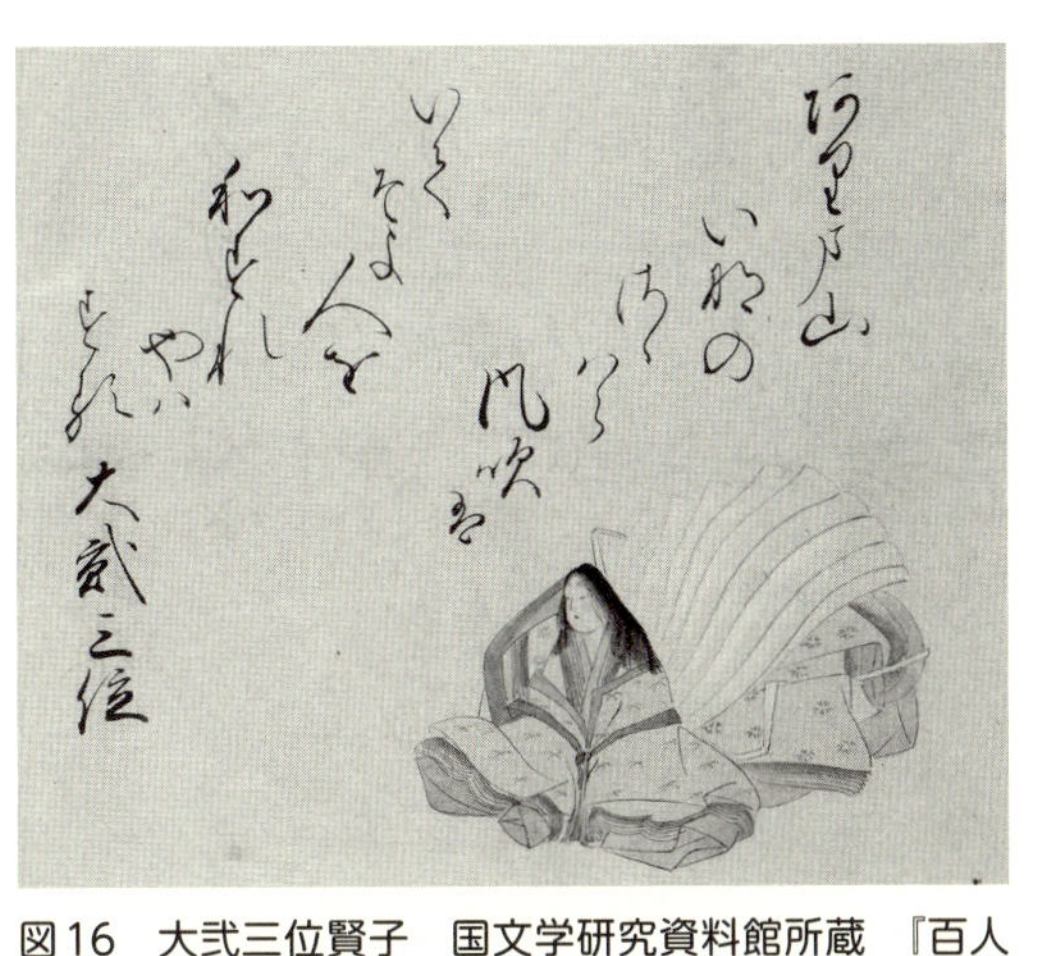

図16　大弐三位賢子　国文学研究資料館所蔵『百人一首』大弐三位詠「ありま山」。

「ねや」近く、紅梅のもとで詠まれたものであった。ここで紫式部をめぐって、兼輔邸の紅梅にまつわる栄誉の記憶と、暗闇の中でひとり覚醒する老女の心、さらに浮舟の甘美な恋の追憶の三つの表現世界が交錯する。それぞれの作品は、たとえば〈女〉〈追憶〉〈恋〉などの共通の要素で呼応し、イメージを往還させながら、互いの虚構世界をより重層的で豊かなものへとふくらませているのである。

女の官能性と老いの主題

ここまで、『源氏物語』と『紫式部集』との表現的な類似の例について検討してきた。今、あわせて思い起こしたいのは、浮舟の物語の前半部に次の和歌が置かれていたことである。

［浮舟］ひたぶるにうれしからまし世の中にあらぬところと思はましかば
（もしここがこの憂き世とは別の世界と思うことができますものなら、一途にうれしかろうと存じますものを）
（東屋巻）

東屋巻、匂宮の執心を避けて三条の小家に身を寄せた浮舟によって用いられた「世の中にあらぬところ」という語句は、のちに手習巻、小野の里に隠れ住むようになった浮舟の感慨の中に「世の中にあらぬところはこれにやあらん」（手習巻）として再び繰り返され、浮舟の物語を支える重要なキーワードとして見逃せない意味を持つこととなった。

この語句の直接的な出典は「世の中にあらぬところも得てしかな年ふりにたるかたち隠さむ」（拾遺集・五〇六）という嘆老歌であった。『源氏物語』最後のヒロインとなる浮舟の物語には、老いと出家・隠棲の問題が見え隠れするのであるが、ここに紫式部詠との類似点を絡めて考えてみると、いかなる状況にあっても〈エロス〉を肯定するしたたかな力のようなものもまた、物語を支えるものとして重要であるように思われる。

『源氏物語』手習巻と紫式部詠は、どちらが先に作られたものか定かではない。しかし見てきたように、両作品の表現的な類似には興味深いものがある。これらがいずれも、物語作者としての紫式部の意識を反映しているとすれば、女性の人生における官能性と老いの問題に新たな角度から光を当てたものとして、あらためて注目されるのではないだろうか。

四▼虚構と現実のあわいに

『源氏物語』と藤原道長家の人々

最後に本章では少し趣向を変えて、『源氏物語』の「ことば」が、紫式部周辺の宮廷社会で果たした役割について考えてみたい。

長篇物語としての『源氏物語』創作の背景には、紫式部の物語作家としての資質もさることながら、パトロンである藤原道長をはじめ、「作り手」側の者として関与した複数の人々がいたことを頭に入れておく必要がある。物語の執筆に際し、内容に関する意見交換等は積極的になされたと見るのが自然であるし、流布にかかわる仕事の記録もある。たとえば寛弘五年（一〇〇八）十一月、敦成親王を出産した中宮藤原彰子（しょうし）▲の内裏還啓に際し、彼女たちが力を合わせて『源氏物語』の豪華な写本を制作し、一条天皇（いちじょう）▲へのお土産をととのえたことが、『紫式部日記▲』に記されている（図17）。

入らせたまふべきことも近うなりぬれど、人々はうちつぎつつ心のどかな

藤原彰子　永延二年（九八八）生—承保元年（一〇七四）没。藤原道長と源倫子（りんし）の長女。一条天皇の中宮となり、後一条・後朱雀両天皇を生む。寛弘二年（一〇〇五）以降、紫式部が仕える。

一条天皇　天元三年（九八〇）生—寛弘八年（一〇一一）没。第六十六代天皇。「叡哲欽明」の帝と称えられた。笛と漢詩に長け、散佚『一条天皇御集』が存したとされる。

『紫式部日記』　紫式部の日記。寛弘七年（一〇一〇）夏—秋の執筆か。本作品中に『源氏物語』に関する記述があることから、紫式部がこの物語の作者と知られる。

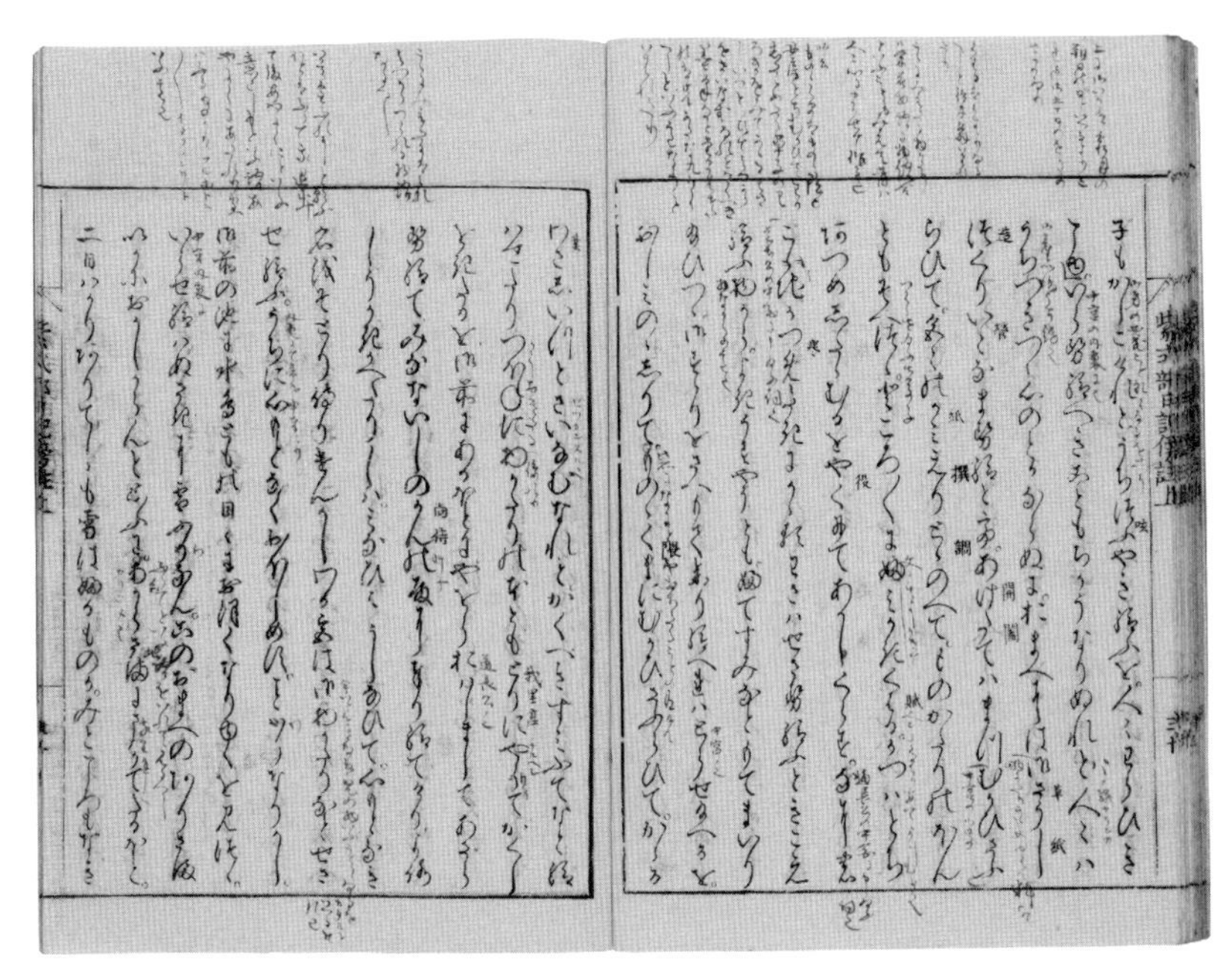

図17 『紫式部日記』 国文学研究資料館所蔵 高乗勲文庫『紫式部日記傍註』 壺井義知による注釈書。該本にはおびただしい書き入れ・付箋があり、かなり詳細に読み込まれた形跡が残る。

らぬに、御前［彰子］には、御冊子つくりいとなませたまふとて、明けたてば、まづむかひさぶらひて、いろいろの紙選りととのへて、物語の本どもそへつつ、ところどころにふみ書きくばる。かつは綴ぢあつめしたたむるを役にて、明かし暮らす。「なぞの子もちか、つめたきに、かかるわざはせさせたまふ」と、聞こえたまふものから、よき薄様ども、筆、墨など、持てまゐりたまひつつ、御硯をさへ持てまゐりたまへれば、とらせたまへるを、惜しみののしりて、「もののくにて、むかひさぶらひて、かかるわざし出づ」とさいなむ。されど、よきつぎ、墨、筆など、たまはせたり。

局に、物語の本どもとりにやりて隠しおきたるを、御前にあるほどに、やをらおはしまいて、あさらせたまひて、みな内侍（ないし）の督の殿［妍子］に、奉りたまひてけり。よろしう書きかへたりしは、みなひきうしなひて、心もとなき名をぞとりはべりけむかし。

（中宮さまが内裏へ還御なさるべきことも近くなったけれど、女房たちは、行事がいろいろと引き続いてゆっくりとくつろぐ暇もないのに、中宮さまには、物語のお冊子をおつくりになられるというので、私は夜が明けると真っ先に御前にさし向い伺候して、色とりどりの紙を選びそろえて、それに物語のもとの本を添えては、あちらこちらに、書写を依頼する手紙を書いてくばる。またいっぽうでは、書写したものを綴じ集めて整理するのを仕事にして日を送る。殿は、「どのようなお子持が、この冷たい時節にこんなことはなさるのか」と、中宮さまに申しあげなさるものの、上等の薄様の紙とか、筆、墨などを、何度か持っておいでになり、はては硯まで持っておいでになったので、中宮さまがその硯を私にご下賜になったのを、女房たちは大げさに惜しみ騒いで、「いつも物の奥で向いはべっているくせに、こんな仕事をしはじめるとは」とおとがめになる。けれども殿は、立派な墨挟みや墨や筆などを私にくださった。

自分の部屋に、物語の原本を実家から取り寄せて隠しておいたのを、私が中宮さまの御前に出ているあいだに、殿がこっそり部屋においでになって、お探し出しになって、みんな内侍の督の殿にさしあげておしまいになった。まずまずという程度に書き直しておいた本は、みな紛失してしまっていて、手直しをしていないのがみなの目に触れることになってしまい、きっと気がかりな評判をとったことでしょうよ。)

(紫式部日記・寛弘五年十一月中旬条)

女房たちによる制作作業は、料紙の選択・書写の依頼・返ってきたものの編集といった具合に進んだが、それらの作業を統率する司令塔のような役割をしていたのが紫式部であった。この場面には、筆・墨・紙といった材料を持っていそいそと現れる道長の様子や、この物語の所有者である彰子の姿も、しっかりと描き込まれている。また直接姿は現さないが、彰子の妹の妍子が物語の続きを待ちきれないほど楽しみにしていることも示される。道長家の人々が一丸となって行ったこの作業は「御冊子作り」と称されて有名である。

このような道長家の人々、特に女性たちの、『源氏物語』の愛読者でもあり、同時に「作り手」側の一員でもあるという立場は興味深い。今でこそ五十四帖の長篇として完結している『源氏物語』だが、紫式部の手で書かれていた当初は、少しずつ書いては読まれ、読まれては書きといった、いわば現代の「連載もの」のような感覚で楽しまれていたと想像される。その頃、道長家の女性たちにとって、身近なところでリアルタイムで増殖してゆく(しかも、その制作に自分たちもかかわっている）『源氏物語』とはいったいどのような存在だったのであろうか。彼女たちがプライベートで詠じたいくつかの和歌から、少し様子を探ってみたい。

中宮彰子による一条天皇哀傷歌

まずは、紫式部の仕えた女主人、中宮彰子の和歌に引用された『源氏物語』の「ことば」を確認する。以下は、寛弘八年（一〇一一）六月に、一条天皇が亡くなった折の彰子による哀傷歌である。

一条院うせさせたまひてのち、撫子の花の侍りけるを、後一条院幼くおはしまして、何心も知らで取らせたまひければ、思し出づることやありけん

上東門院

見るままに露ぞこぼるるおくれにし心も知らぬ撫子の花

（見るにつけ涙の露がこぼれることだ。後に残されてしまったということもわからず撫子の花を手にしたこの愛しい子よ）

（後拾遺集・哀傷・五六九）

『後拾遺集』の詞書によれば、幼い敦成親王が「何心も知らで」撫子の花を手にするのを見て、母親の彰子が詠んだ一首であるという。この彰子詠には、状況

図18　葵上　国文学研究資料館所蔵　『源氏香之図』　葵上は左大臣家の姫君、光源氏の最初の正妻。光源氏と折り合いが悪く、物語内で彼女が歌を詠むことは一度もない。

の面からも表現の面からも、『源氏物語』葵巻における葵上（図18）没後の場面との重なりが認められる。光源氏の正妻であった葵上は、夕霧を生み、間もなく命を落とす。葵上の没後の左大臣邸で、婿である光源氏と、姑の大宮が、残された夕霧のあどけない様子を眺めつつ和歌を贈答する。

枯れたる下草の中に、竜胆、撫子などの咲き出でたるを折らせたまひて、中将の立ちたまひぬる後に、若君の御乳母の宰相の君して、

［光源氏］「草枯れのまがきに残る撫子を別れし秋の形見とぞ見る

匂ひ劣りてや御覧ぜらるらむ」と聞こえたまへり。げに何心なき御笑顔ぞいみじううつくしき。宮は、吹く風につけてだに木の葉よりけにもろき御涙は、まして取りあへたまはず。

［大宮］今も見てなかなか袖を朽すかな垣ほ荒れにし大和撫子

（源氏の君は、霜枯れの下草の中に、竜胆、撫子などが咲き出ているのをお折らせになって、中将の立ち去られた後、若君の御乳

母の宰相の君をお使者として大宮のもとへ、

「草枯れの……（草の枯れた垣根に残る撫子——若君を、過ぎ去った秋——亡くなったお方の形見としてなつかしく思っております）

亡き母君よりは美しさが見劣りするとごらんになりますか」とお申しあげになる。いかにも、無心な若君の御笑顔がたいそうかわいらしい。大宮は、吹く風につけてさえ、木の葉よりもいっそう涙もろく、なおさら、その御文を手にとることもおできにならない。

今も見て……（今こうして荒れた垣根の大和撫子——若君を見るにつけても、そのためにかえって袖が朽ちるばかりに涙を流しております））

（葵巻）

この場面では、親を失った幼子が「撫子」にたとえられ、残った方の親がその「何心」もない無邪気な様子をあわれんでいる。彰子詠と並べてみると、虚構のキャラクターである夕霧と、敦成親王の立場が重なってくるように思われる。彰子の視線は葵巻の光源氏や大宮のそれと一体化することで、「親に死別した子」のあわれさをより鮮やかに照らし出していると言ってよいだろう。

同時代の和歌における「撫子」の用例と比較しつつ考えてみると、荒れた垣根に咲いている花を「親に死別した子」の象徴として、その無邪気さと大人の

「涙」とを対照的に描き出したのは、『源氏物語』独自の趣向であったと言えそうである。彰子の一条天皇哀傷歌は、愛読した物語の哀切な場面を想起しつつ、天皇の早すぎる死を悼んだ歌と見ることができるようである。

紫式部と伊勢大輔の贈答歌

続いて、紫式部と同僚の伊勢大輔▲の交わした贈答歌を見てみたい。二人の交流として有名なのは、まずは寛弘四年（一〇〇七）四月、八重桜献納の折のエピソードである。このとき伊勢大輔の詠んだ歌は、のちに『百人一首』にも入れられて人口に膾炙した（図19）。

伊勢大輔は聡明なうえに容貌がよい若人として、先輩女房の紫式部に好印象を与えていたことが『紫式部日記』の記事からわかる。また紫式部の弟（あるいは兄とも）の惟規が越後に下向する際、伊勢大輔が贈った送別の歌なども残されており、家族ぐるみで親しくしていた様子もうかがえる。

伊勢大輔が彰子のもとに仕えるようになったのが、八重桜を献納した春よりも前であるとすれば、例の寛

伊勢大輔　生没年未詳（康平三年（一〇六〇）までは生存）、紫式部と同時期に藤原彰子に仕えた。父は大中臣輔親。和泉式部や相模などとも親交がある。

図19　伊勢大輔　国文学研究資料館所蔵『錦百人一首あつま織』　伊勢大輔詠「いにしへの」。

弘五年の御冊子作りの折にも、他の女房らとともに『源氏物語』の流布のために尽力した可能性は高い。あるいは紫式部自筆の物語の原稿に直接触れ、時には感想を伝えたりすることもあったかもしれない。そのような『源氏物語』の「ことば」が、両者のプライベートな和歌のやりとりの中で活用されている様子を確認してみよう。

紫式部、清水に籠りたりしに参りあひて、院の御料にもろともに御灯奉りしを見て、樒の葉に書きておこせたりし

［紫式部］心ざしきみにかかぐる灯火の同じ光にあふがうれしさ

［伊勢大輔］いにしへの契りもうれしきみがため同じ光にかげを並べて

（伊勢大輔集・一七―一八）

（紫式部）心をこめて主君のためにかかげる灯火の、その同じ光に私もあうのがうれしいことです

（伊勢大輔）前世からの約束もうれしいことです。主君のため、同じ光に二人が影を並べて

ある時、紫式部と伊勢大輔は清水寺▲で偶然に行き会い、主人である彰子の御料としてともに灯明を捧げた。その際、紫式部が挨拶の歌をよこし、伊勢大輔が返

清水寺 京都市東山区。本尊十一面観音の霊験は早くから有名で、除病延命・増益などの現世的な利益を求めて多くの貴族が参詣した。

歌をした。両者の歌には、「樒（しきみ）の葉」にちなんで「……し君」と「樒」の掛詞が用いられている。この掛詞はほかにあまり見られない珍しいものだが、伊勢大輔は紫式部の投げかけた洒落の面白さを即座に理解し、同じ掛詞を自らの歌にも用いることで共感の意を示した。このように機転がきくところも、彼女が紫式部に気に入られていた理由の一つであろう。

　そしてこの贈答歌には、『源氏物語』初音（はつね）巻冒頭を思わせる「ことば」が用いられているようである。

> 春の殿の御前、とりわきて、梅の香も御簾の内の匂ひに吹き紛ひて、生ける仏の御国とおぼゆ。［中略］千年のかげにもしるき年の内の祝言などして、そぼれあへるに、大臣の君［光源氏］さしのぞきたまへれば、懐手ひきなほしつつ、「いとはしたなきわざかな」とわびあへり。［中略］我はと思ひあがれる中将の君ぞ、「かねてぞ見ゆるなどこそ、鏡のかげにも語らひはべりつれ。私の祈りは何ばかりのことをか」など聞こゆ。［中略］
>
> ［光源氏］うす氷とけぬる池の鏡には世にたぐひなきかげぞ並べる
>
> げにめでたき御あはひどもなり。
>
> ［紫上］くもりなき池の鏡によろづ世をすむべきかげぞしるく見えける

何ごとにつけても、末遠き御契りを、あらまほしく聞こえかはしたまふ。今日は子（ね）の日なりけり。げに千年の春をかけて祝はんに、ことわりなる日なり。
（紫上の春の御殿のお庭は、格別であって、梅の香りも御簾の中の薫物の香と調和して風ににおい、この世の極楽浄土とまで思われる。（中略）千歳の栄えも明らかな、この一年の幸いを祈る数々の祝い言をのべてはしゃいでいるところへ、大臣の君が顔をお出しになったので、懐手をやめ居ずまいを正しては、「ほんとにきまりがわるいこと」と、みな恐縮の体である。（中略）そのなかで自分こそはと自ら恃（たの）むところのある中将の君が、「かねてぞ見ゆる」などと、鏡餅を相手に殿の千歳の御齢をお祝い申しておりました。私事のお祈りは何ほどもいたしてはおりません」などと申しあげる。（中略）

うす氷……（薄氷がとけてきた鏡のような池の面には、この世に二つとなく幸せな私たちの影が並んで映っています）

いかにも、慶賀すべき御仲らいである。

くもりなき……（みじんの曇りもない鏡のような池の面に、幾久しく暮していけるにちがいない私たちの影が、はっきりと見えるのでした）

何事につけても、幾久しきご夫婦の縁を、申し分のないご様子で詠み交しておいでになる。今日は子の日なのだった。なるほど千歳の春を子の日にかけて、長寿を祝うのにふさわしい日である。）
（初音巻）

正月の六条院の春の町のうららかさを描くこの場面には、『古今集』からの引き歌も数多くちりばめられ、明るく華やいだ気分がある。主君の長寿を言祝ぐ女房（中将の君）の存在や、光源氏と紫上の贈答歌に見える池に並んだ「かげ」の仲睦まじさ、および二人の結びつきの強さを示す「契り」の強さなどといったあたりに、紫式部と伊勢大輔の贈答歌との共通性が見出される。

じつは、伊勢大輔の返歌に見られる「光」に「かげ」を並べるという発想は、同時代の和歌に類例をあまり見ないもので、いささか違和感を覚える表現である。一方、水面など光り輝くものに複数の人間が「かげ」を並べるとする歌は多く、初音巻の光源氏と紫上詠もそうした「ことば」の系譜の上にある。それらはおおむね、祝いの歌として詠まれたものである。そこでこの贈答歌のテーマが〝彰子に心をささげる女房同士の絆〟であった点が注目される。

このテーマに即して考えてみると、『源氏物語』の作者である紫式部から贈られた歌に対する伊勢大輔の返しには、物語中の「ことば」を援用しながら、女房たちが長寿を祈る主君のイメージを彰子にうつしてその安寧を願い、また幾久しい「契り」によって結ばれた光源氏と紫上との仲を紫式部と伊勢大輔の固い友情に、それぞれ置き換えた工夫があるのではないか……といった事柄が、ぼんやりと見えてくるのである。

こうした引用の方法は、ともに彰子に仕え、御冊子作りの経験などを通して『源氏物語』の「作り手」側に属していた者ならではの、物語に対する深い興味と理解に支えられていると考えられる。またこれが、作者本人との友好的なコミュニケーションに出てくることも大変興味深い点である。

本書では紙幅の都合から、紫式部の同僚女房たちの和歌についてこれ以上取り上げることは叶わないが、ほかにも彼女たちが『源氏物語』を踏まえたとおぼしき歌は多い。一方で、逆に物語の方に影響を与えたらしい歌も存在するなど、『源氏物語』の文章をめぐる相関関係についてはまだまだわからないことが多い。『源氏物語』の七百九十五首におよぶ作中歌のすべてを紫式部がひとりで詠みきったものと見る必要はなく、あるいは、和歌の詠作を得意とする親しい女房の協力が入っている可能性も十分にある。平安中期の物語創作については、たとえば和歌と散文との分業体制がとられるケースもあり、さらに考えてゆきたい問題である。

大弐三位賢子と乳母の贈答歌

最後に、紫式部の娘である大弐三位賢子の和歌を確認したい。

あきつかた、むばのもとに宿直物つかはししに

〔賢子〕あらき風ふせぎし君が袖よりはこれはいとこそ薄く見えけれ

（荒い風を防いでくれたあなたの袖よりは、この衣類はたいそう薄く見えたことです（大したものではありませんがお使いください））

かへし

〔乳母〕あらき風今はわれこそふせがるれこの木のもとのかげにかくれて

（木の下陰に隠れるごとく、荒い風から今では私こそあなたのお陰を被っています（ありがたく使わせていただきます））

（大弐三位集・三〇―三一）

この贈答歌は、賢子と乳母とのごくプライベートなやりとりであるが、桐壺巻のうち、特に「壺前栽（つぼせんざい）」と呼ばれる有名な箇所をもとにしたと考えられている。「壺前栽」というのは、光源氏の母である桐壺更衣亡き後、使者が桐壺帝の文を携えて、悲嘆にくれる更衣の母君を訪問するくだりである。

〔A〕野分だちて、にはかに肌寒き夕暮のほど、常よりも思し出づること多

くて、靫負命婦(ゆげひのみやうぶ)といふを遣はす。［中略］

……いはけなき人をいかにと思ひやりつつ、もろともにはぐくまぬおぼつかなさを。今は、なほ、昔の形見になずらへてものしたまへ。

などこまやかに書かせたまへり。

［桐壺帝］宮城野の露吹きむすぶ風の音に小萩がもとを思ひこそやれ
とあれど、え見たまひはてず。

（野分めいた風が吹いて、急に肌寒さを感じさせる夕暮のころ、帝は常にもましてお思い出しあそばすことがいろいろおありになって、靫負命婦という女房を更衣の里にお遣わしになる。（中略）

……幼い宮を、どうしているかといつも案じながら、あなたといっしょに養育できないのが気がかりなのです。今は、やはりこのわたしを、亡き人の形見と思って宮中にまいられよ。

などと、懇ろにお書きになってある。

宮城野の……（宮城野―宮中を吹き渡る風の音に涙が催されるにつけても、小萩―若宮はどうしていることかと思いやられます）

とあるけれども、母君はとても終りまではごらんになれない。）

（桐壺巻）

〔B〕いとこまやかにありさま問はせたまふ。あはれなりつること忍びやかに奏す。御返り御覧ずれば、

いともかしこきは、置き所もはべらず。かかる仰せ言につけても、かきくらす心地になん。

〔更衣母君〕あらき風ふせぎしかげの枯れしより小萩がうへぞ静心なき

などやうに乱りがはしきを、心をさめざりけるほどと御覧じゆるすべし。（桐壺巻）

（帝はまことにこまごまと更衣の里の様子をお尋ねになる。命婦は身につまされて感じたおもむきをひそやかに奏上する。母君からのご返書をごらんになると、

まことに畏れ多いお言葉は、どのように頂戴いたしたらよろしいものか分別いたしかねております。このような仰せ言につけても、心も真っ暗に思い乱れるばかりでございまして。

あらき風……（荒い風を防いでいた親木が枯れてしまったように、若宮を守っていた更衣が亡くなってからは、残された小萩のような若宮の身の上が案ぜられてなりません）

などというように、とり乱したさまなのを、気持の乱れているときのことだからと、帝は大目にごらんあそばすのであろう。）

「壺前栽」の場面は長いので、便宜上、〔A〕〔B〕として適宜抜き出した。賢子は〔B〕に「あらき風ふせぎし」とある桐壺更衣の母君の歌を踏まえて、母親代わりの乳母に衣類を贈った。乳母も同じく更衣の母君の用いた「かげ」の語を加えて感謝を述べた。詠まれた時期は不明だが、乳母の歌が、「この木」すなわち子どもである賢子が既に立派に成長したさまを詠んでいることから、賢子の成人後の作である可能性が高いだろう。なおこの時、紫式部が存命であったかどうかについてはまったくわからない。

物語の方は「あらき風ふせぎし」母である桐壺更衣は亡くなってしまい、光源氏は不安定な状況にある、という不吉な歌であるが、賢子と乳母のやりとりでは特にそうしたことは問題となっていないようである。

そもそも、〔A〕で桐壺帝の用いた「宮城野」の「小萩」の比喩は、次の古歌に拠ったものと思しい。

宮城野のもとあらの小萩露を重み風を待つごと君をこそ待て

（宮城野の下葉もまばらになった小萩が、置いた露が重いためにその露を落としてくれる風を待っているように、私もあなたのおいでをひたすら待っています）

（古今集・恋四・六九四）

とはいえ「小萩」という語の用例じたい、勅撰集ではあまり多くなく、右の歌の後は『後拾遺集』まで見出されない。さらにこの語は通常、恋の場面で男に待たされる女の不安な心を言うものである。桐壺帝や更衣母君のように「小萩」を子どもの意味で用いたものはやや特殊であると言えよう。特に平安中期の和歌では次の二例を見るのみである。

野分したるあしたに幼き人をいかにとも言はぬ男にやる人に代はりて

あらく吹く風はいかにと宮城野の小萩がうへを露もとへかし　（赤染衛門集・三五七）

（荒く吹く風に障りはなかったですかと、宮城野の小萩のような子どもの身の上を、少しでも尋ねてよこしてください）

女房のちごを、男親のとはざりけるに

ふるさとの小萩がもとの露けさをとはぬつらさは秋ぞまづ知る　（定頼集・八三）

（通いなれた家の子どものわびしさを気にしない父親の冷たさは、秋が真っ先に気づくというものだ）

赤染衛門詠は、野分（台風）の翌朝であるにもかかわらず、自分の子どもの様

赤染衛門集　赤染衛門の家集。赤染衛門は生没年未詳（長久二年（一〇四一）までは生存）、源倫子および藤原彰子の側近女房。多彩な人脈を通して臨機応変に歌を詠んだ。父は赤染時用（実父は平兼盛か）。

定頼集　藤原定頼の家集。定頼は長徳元年（九九五）生―寛徳二年（一〇四五）没。父は公任。伊勢大輔らとの交友があり、大弐三位賢子を含む数多くの女房たちとの恋愛が知られる。

子を心配しない薄情な男親を非難するという内容である。これと桐壺巻の内容を比較してみると、「幼き人をいかに」という文言は、桐壺帝の文にある「いはけなき人をいかに」と似通っており、さらに更衣母君の歌まで含めれば、「あらく」「風」「宮城野」「小萩（がうへ）」「露」といったように、「壺前栽」の場面で用いられた「ことば」との面でかなりの関連性が認められる。

また定頼詠も、赤染衛門詠と同様に、男親が子どもを気にかけるかどうかが問題となっている。表現としても、「小萩」「露」など共通しており、幼い光源氏を案じて様子を「問ふ」桐壺帝の愛情深さとの違いが際立つ。

この二首が紫式部周辺の交流圏の人々によって詠まれたというのは、偶然ではないだろう。いずれも桐壺巻を踏まえたうえで、「それに比べて……」と、現実世界の男親の薄情さをなじったものと見てよいと思われる。母の亡き後の子・父・祖母の情景を描いた「壺前栽」の場面は、哀切で胸を打つものとして人々に記憶されていた可能性が高い。そうした状況のなかで、賢子とその乳母もまた、母の物語の「ことば」によって心を通わせていたとすれば、そこにはまさに、物語の現実的効用があったと言えよう。

じつは賢子はこうしたプライベートな折の歌にとどまらず、藤原頼通（よりみち）▲の時代の歌合▲に伊勢大輔などとともに歌人として出て、『源氏物語』を踏まえた和歌をい

藤原頼通　正暦三年（九九二）生―延久六年（一〇七四）没。藤原道長と源倫子の長男。後一条天皇の摂政・関白をはじめ、三代の天皇の関白を務める。宇治の平等院経蔵に書物や宝物を多数蒐集し、姉の彰子とともに新たな文化的世界を領導した。

歌合　左右一首ずつの和歌を合わせて優劣を競う文学的遊戯。

くども詠んでいる。そうした晴れの場で賢子に期待されたのは、「紫式部の娘」として『源氏物語』の「ことば」を再利用してみせるというパフォーマンスであったようである。道長・頼通と続くこの家で、『源氏物語』は特別な存在として伝えられていた。

「作り手」圏内の人々の共同的な記憶

本章では、道長・頼通家の人々、特に紫式部と個人的な親しいかかわりを持っていた女性たちが、『源氏物語』の「ことば」に心情を託している様子を見渡してみた。主君である中宮彰子や同僚の伊勢大輔、赤染衛門、また娘の賢子など、『源氏物語』の創作の現場に立ち会った可能性の高い人々の和歌には、表面的な語句の一致にとどまらない、物語のシチュエーションや作中人物の心情などをも含めた高度な引用表現が見られるようである。

こうした特徴は、『源氏物語』に対する彼女たち自身の主体的なかかわりの深さを思わせる。物語の「ことば」を用いたコミュニケーションは、直接創作の現場に触れた人々ならではの内輪意識、連帯感などを促進したと考えられる。またもしも『源氏物語』の中に彼女たち自身の詠んだ和歌が使用されたなどということがあれば、「作り手」側の人間として、また「私たちの物語」としての愛着もひとしお強いものとなっただろう。

　虚構の作品である『源氏物語』は、道長家にあって、姫君から女房に至るまで、主に女性たちの心をつなぐ紐帯としての実際的な機能を持っていたようである。そしてそれこそが、彰子・妍子・威子・嬉子という四人の娘たちの力によって、天皇のミウチとしての立場を盤石なものとしてゆく過程にあったこの家にとって、大きなメリットとなっていたと見てよいだろう。『源氏物語』が五十四帖という、当時としては桁外れのボリュームを持つに至った背景には、この作品が書かれるのに要した期間の長さ、協力を必要とした人数の多さといった事情について考えてみることが重要であると思われる。作品の完成度の高さもさることながら、じつはそうした女性たちの協調的・融和的な体制の構築じたいが、道長家の求心力としてかけがえのない社会的意義を持っていたと考えられるのである。文学の「ことば」の力は、たとえ虚構であっても、というよりもむしろ虚構であるからこそ、現実社会に対する独自の強い影響力を持つようである。

　なお道長家には、正妻・源倫子▲および第二の妻・源明子▲のほか、女房の中にも源氏出身の女性たちが多く含まれていた。私見では、そうした人々の心を結び合わせるに際して、あえて藤原氏ではなく「源氏の物語」という設定にすることも効果的であったのではないかと思われる。道長家という集団的な「場」において、

源倫子　康保元年（九六四）生―天喜元年（一〇五三）没。父は左大臣源雅信。藤原道長室となり、女子彰子・妍子・威子・嬉子、男子頼通・教通を生む。正妻として道長を強力に後援した。

源明子　生年未詳―永承四年（一〇四九）没。父は左大臣（のち大宰権帥として左遷）源高明。藤原道長室となり、女子尊子・寛子、男子頼宗・顕信・能信・長家を生む。倫子に比べ一段低い待遇を受ける。

藤原氏と源氏の女性たちが混じり合い生活するなかで、『源氏物語』がどのような紐帯的役割を果たしたのか。この点については、なお今後、深く考察していきたいと考えている。

おわりに

本書では紫式部による「ことば」のコラージュについて、『源氏物語』に見られる引用表現をめぐって述べてきた。またこの物語が当時の現実社会で果たした役割などについて、実際に紫式部の周辺で交わされた贈答歌の例から考えてみた。

こうした「ことば」の仕組みの解明は、いわゆる科学的なアプローチとは必ずしも相性がよくないようである。たとえば理学博士の中谷宇吉郎（なかやうきちろう）は、古典的名著『科学の方法』（岩波書店、一九五八）の中で、科学の方法的な限界性について以下のように述べている。

……いわんやテレビ塔の天辺から、一枚の紙を落した場合、それがどこへ飛んで行くかという問題になると、これは現在の科学がいくら進歩しても解けない問題であるといった方が早道である。［中略］

紙の落ち方が、なぜむつかしい問題であるかというと、それは非常に不安定な運動である点にある。ちょっとのことで、あっちにひらり、こっちにひらりとするわけで、そういう不安定な条件のもとでの運動というような現象は、現在の科学では取り扱いにくい問題なのである。［中略］こういう不連続な性質が非常にたくさんあり、かつ不安定な問題は、現在の科学では取り扱えないのである。非常にたくさんの渦がある場合、全体としての性質は、科学で取り扱えるが、その中の個を追うことはできない。

中谷によれば、テレビ塔から落とした紙の行方には刻々と変化する「大気中の渦」が作用し、その「渦」は個別の「場」の影響をランダムに受けるため、一回ごとの落下についての予想を立てることができないということである。科学の進歩は日進月歩であろうが、たとえば各地の地震の予測や予知が現代においても極めて難しいとされている点からも、科学の方法が不連続・不安定なものを苦手とするという右の原則はなお動かしがたいものであろうと推察される。

そのように考えてみると、文学研究は、個別の人間が作り出す一回的な「場」にどこまでもかかずらう学問であり、そこで扱われる「ことば」の意味するところは、右の文中の「紙」の動きに限りなく近い感じがする。たとえ年齢や性別、出身地などがある程度同質の集団で一つの作品を読んだからといって、全員がまったく同じ感想を持つということはあり得ない。またたとえ同じテーマを与えられたからといって、全員が同一の文章を書くこともあり得ない。人間にはそれぞれ複雑に入り組んだ記憶や経験の「渦」があり、そのどれがいつ呼び起こされるか、あるいはどのようにぶつかり合うかは容易に予測のつかないものであろう。

あるいはむしろ、そうした個々のランダムさを「ないこと」にしてしまうのではなく、逆にいちいちはっきりと浮き彫りにすることこそが、文学の存在意義だと言ってしまってもよいかもしれない。古今東西、老若男女の個別の「場」における心身の動きをこまやかにたどるすぐれた文学作品の数々は、「現実の世界は一つの角度のみによって把握されるべきものではない」ということを私たちに教えてくれる。そこに豊かに湛えられているのは、人間としての息つく「間」、感性のゆらぎの余地である。

紫式部が『源氏物語』でおこなった「ことば」のコラージュは、引用元の文脈をさまざまに屈折させ、重層的な物語世界を作り上げている。本書では紙幅の都合もあり、そのうちのほんの数場面を紹介することしかできなかった。しかし紫式部の「ことば」の群れが「あっちにひらり、こっちにひらり」と向きを変えながら、人と人との関係性を驚くほど多角的に、またリアルに表現し得ている点を少しでもお伝えできただろうか。さざ波がここからまた伝わってゆくのであれば、本書の筆者として心からうれしく思う。

あとがき

現在、筆者の所属する国文学研究資料館では、「データ駆動による課題解決型人文学の創成」というプロジェクトが新たにスタートしたところである。古典籍の内に眠る日本人の知的活動にかかわる膨大な量の情報を適切に読み取りデータ化すること、さらに世界に共有されるべき「人文知（じんぶんち）」としてアクセス・利活用できる環境を整えることを目指し、さまざまな方面から一同奮闘している。古今の「ことば」の力を通じて複眼的なものの見方が共有されていった先に、現代の諸問題に対峙するためのより強靭な足がかりも現れてくることと信じている。本書に用いた古典籍画像は、いずれも本プロジェクトの前身「日本語の歴史的典籍の国際共同研究ネットワーク構築計画」の発展的成果である「国書データベース」に収められている。このデータベースは、研究者に限らず、誰でも、いつでも、どこからでも、無料で自由に閲覧・利用可能である。

巷には『源氏物語』に限らず、「古典」とされる文学作品に関する多くの情報（本や雑誌のみならず、動画やＳＮＳへの書き込みなども含めて）が飛び交っている。そうした多様な情報が氾濫するなかで、本書では、作品の文章そのものこそが、やはり最も豊かで味わい深いものであることを強調しておきたい。彼岸の作者と対峙し、過去と現在を行ったり来たりしながら「人間」に関する理解を深めてゆく経験は、刺激的で楽しい。さらにそうした思索が近い将来のあれこれに際しての判断材料の一つになってゆくとすれば、たしかに「古典」には現代的な意義があると考えてよいだろう。

最後になるが、ぼんやり者の私をいつも温かく辛抱強く見守ってくださる勤務先や研究会の皆さまに心よりの感謝を申し上げたい。

二〇二四年六月　青梅の実る頃に　　中西智子

本書は科学研究費の研究課題「藤原道長家における『源氏物語』の長篇化に関する研究」（基盤研究（C）・23K00291）の研究成果の一部である。

主要参考文献

＊本書の内容は、中西智子『源氏物語　引用とゆらぎ』（新典社、二〇一九）の一部に基づく。

＊本書で引用した『源氏物語』は阿部秋生ほか『源氏物語』一―六（新編日本古典文学全集、小学館、一九九四―九八）に、『紫式部日記』は藤岡忠美ほか『和泉式部日記・紫式部日記・更級日記・讃岐典侍日記』（新編日本古典文学全集、小学館、一九九四）に拠る。また和歌本文は特に断らない限り『新編国歌大観』（角川書店、一九八三―九二）に拠り、諸注釈書を参照しつつ大意を示した。

武田祐吉『増訂万葉集全註釈』全十四巻（角川書店、一九五六―五七）

高田祐彦『新版古今和歌集』（角川ソフィア文庫、二〇〇九）

片桐洋一『後撰和歌集』（新日本古典文学大系、岩波書店、一九九〇）

小町谷照彦『拾遺和歌集』（新日本古典文学大系、岩波書店、一九九〇）

平田喜信『後拾遺和歌集』（新日本古典文学大系、岩波書店、一九九四）

峯村文人『新古今和歌集』（新編日本古典文学全集、小学館、一九九五）

室城秀之『古今和歌六帖　上・下』（和歌文学大系、明治書院、二〇一八・二〇二〇）

関根慶子ほか『伊勢集全釈』（私家集全釈叢書、風間書房、一九九六）

佐伯梅友ほか『和泉式部集全釈　正集篇・続集篇』（笠間書院、二〇一二）

竹内美千代『紫式部集評釈　改訂版』（桜楓社、一九七六）

南波浩『紫式部集全注釈』（笠間書院、一九八三）

笹川博司『紫式部集全釈』（私家集全釈叢書、風間書房、二〇一四）

関根慶子ほか『赤染衛門集全釈』（私家集全釈叢書、風間書房、一九八六）

久保木哲夫『伊勢大輔集注釈』（私家集注釈叢刊、貴重本刊行会、一九九二）

森本元子『定頼集全釈』（私家集全釈叢書、風間書房、一九八九）

武田早苗ほか『賀茂保憲女集・赤染衛門集・清少納言集・紫式部集・藤三位集』（和歌文学大系、明治書院、二〇〇〇）

角田文衛（監修）『平安時代史事典』（角川書店、一九九四）

『和歌文学大辞典』編集委員会（編）『和歌文学大辞典』（古典ライブラリー、二〇一四）

【一】
鈴木日出男『古代和歌史論』（東京大学出版会、一九九〇）
平田喜信『平安中期和歌考論』（新典社、一九九三）
小町谷照彦『古今和歌集と歌ことば表現』（岩波書店、一九九四）
滝澤貞夫『王朝和歌と歌語』（笠間書院、二〇〇〇）
池田節子『源氏物語表現論』（風間書房、二〇〇〇）
小川靖彦『万葉学史の研究』（おうふう、二〇〇七）
伊原昭『増補版 万葉の色――その背景をさぐる』（笠間書院、二〇一〇）
小森潔『枕草子 発信する力』（翰林書房、二〇一二）
陣野英則『源氏物語論――女房・書かれた言葉・引用』（勉誠出版、二〇一六）

【二】
松田武夫『古今集の構造に関する研究』（風間書房、一九六五）
佐藤勢紀子『宿世の思想――源氏物語の女性たち』（ぺりかん社、一九九五）
小嶋菜温子『源氏物語批評』（有精堂出版、一九九五）
笹川博司『深山の思想――平安和歌論考』（和泉書院、一九九八）
池田和臣『源氏物語 表現構造と水脈』（武蔵野書院、二〇〇一）
久富木原玲『源氏物語と和歌の論――異端へのまなざし』（青簡社、二〇一七）

【三】
三田村雅子『源氏物語 感覚の論理』（有精堂出版、一九九六）
土方洋一『源氏物語のテクスト生成論』（笠間書院、二〇〇〇）
高田祐彦『源氏物語の文学史』（東京大学出版会、二〇〇三）
山田利博『源氏物語の構造研究』（新典社、二〇〇四）
山本淳子『紫式部集論』（和泉書院、二〇〇五）
青山学院大学文学部日本文学科（編）『国際学術シンポジウム 源氏物語と和歌世界』（新典社、二〇〇六）
鷲山茂雄『源氏物語の語りと主題』（武蔵野書院、二〇〇六）

近藤みゆき『王朝和歌研究の方法』（笠間書院、二〇一五）

【四】

今井源衛『王朝文学の研究』（角川書店、一九七〇）
寺本直彦『源氏物語受容史論考　続編』（風間書房、一九八四）
稲賀敬二『源氏物語の研究　物語流通機構論』（笠間書院、一九九三）
中周子「大弐三位賢子の和歌——贈答歌における古歌摂取をめぐって」（『樟蔭女子短期大学紀要　文化研究』一三、一九九九・六）
中周子「大弐三位賢子の和歌における『源氏物語』享受の一様相」（『和歌文学研究』七九、一九九九・一二）
福家俊幸『紫式部日記の表現世界と方法』（武蔵野書院、二〇〇六）
清水婦久子『源氏物語の巻名と和歌——物語生成論へ』（和泉書院、二〇一四）
西村亨『新考　源氏物語の成立』（武蔵野書院、二〇一六）

掲載図版一覧（すべて国文学研究資料館所蔵）

図１　『百人一首』（93-56）DOI 10.20730/200014505

図２　『源氏物語』伝為家筆　薄雲巻断簡（ヨ6-19）DOI 10.20730/200011975

図３　『古今和歌六帖』（54-24）DOI 10.20730/200013654

図４　『万葉集』（カ2-33）DOI 10.20730/200015542

図５　『源氏物語歌合絵巻』（99-122）DOI 10.20730/200014735

図６　『源氏物語絵屏風』（ラ1-16）DOI 10.20730/200019740

図７　『源氏絵物語』（ヤ8-285）DOI 10.20730/200015083

図８　『源氏物語系図』（99-123）DOI 10.20730/200014741

図９　『源氏物語絵巻』（ヨ3-20）DOI 10.20730/200014696

図10　『古今和歌集』（99-2）DOI 10.20730/200003050

図11　『紫式部集』（ア2-33-6）DOI 10.20730/200020060

図12　『伊勢物語図絵』（98-911）DOI 10.20730/200025152

図13　『百人一首図会』（タ2-208）DOI 10.20730/200007360

図14　『源氏物語団扇画帖』（99-121）DOI 10.20730/200014736

図15　『歌仙絵抄』（タ2-273）DOI 10.20730/200015745

図16　『百人一首』（タ2-279）DOI 10.20730/200016811

図17　『紫式部日記傍註』（89-368）DOI 10.20730/200015887

図18　『源氏香之図』（ラ8-112）DOI 10.20730/200014999

図19　『錦百人一首あつま織』（タ2-213）DOI 10.20730/200007766

中西智子（なかにしさとこ）
1979年東京都生まれ。早稲田大学大学院文学研究科日本文学専攻博士後期課程満期退学。博士（文学）。現在、国文学研究資料館准教授。専攻は、平安時代の物語文学。著書に『源氏物語 引用とゆらぎ』（新典社、2019年）、編著書に『藤原彰子の文化圏と文学世界』（桜井宏徳・福家俊幸と共編、武蔵野書院、2018年）、論文に「道長家の〈花〉としての藤原妍子像――『源氏物語』と『栄花物語』の間に」（『国文学研究資料館紀要 文学研究篇』50号、2024年3月）などがある。

【お問い合わせ】
本書の内容に関するお問い合わせは
弊社お問い合わせフォームをご利用ください。
https://www.heibonsha.co.jp/contact/

ブックレット〈書物をひらく〉32

紫式部の「ことば」たち
――源氏物語と引用のコラージュ

2024年10月23日　初版第1刷発行

著者　中西智子
発行者　下中順平
発行所　株式会社平凡社
〒101-0051　東京都千代田区神田神保町3-29
電話　03-3230-6573（営業）
装丁　中山銀士
DTP　中山デザイン事務所（金子暁仁）
印刷　株式会社東京印書館
製本　大口製本印刷株式会社

ISBN978-4-582-36472-9

平凡社ホームページ https://www.heibonsha.co.jp/

刊行の辞

書物の世界へ／書物を世界へ――。

＊　＊

二〇一四年度から一〇年がかりで国文学研究資料館が取り組んだ文部科学省大規模学術フロンティア促進事業「日本語の歴史的典籍の国際共同研究ネットワーク構築計画」では、国内外の大学等と連携して古典籍三〇万点（三二〇〇万コマ）をデジタル画像化し、それを「国書データベース」で公開した。「誰でも／どこでも／無料で」アクセスできるこの大規模画像データベースの登場によって、日本文学の「研究方法」は劇的な変貌を遂げた。そしてその利用者は、日本文学の研究者コミュニティに留まらず、人文・社会科学や自然科学の研究者、あるいは古典を愛し文化に心を寄せる多くの市民の皆さまに利用されて、今に至る。

このブックレットは、その研究成果を発信するために企図され、二〇一六年に第一冊を出し都合三十一冊を刊行、伊勢物語や百人一首などの日本文学はもとより、オーロラや和算、博物学、水害対策等さまざまな領域に及ぶその内容は、〈書物をひらく〉というシリーズ名のとおり、たくさんの読者に迎えられた。

今度は二〇二四年度より一〇年の計画で、国文研は文部科学省大規模学術フロンティア促進事業「データ駆動による課題解決型人文学の創成～データ基盤の構築・活用による次世代型人文学研究の開拓～」（国文研DDHプロジェクト）に取り組んでいる。ブックレット〈書物をひらく〉では引き続き、この事業の多岐に亘る研究成果をお届けする。

＊　＊

人びとの感性・感情や知（インテリジェンス）は、すべて〈古典〉に詰まっている。過去をひらいて未来につなぐその「贈りもの」として、このブックレットで生み出される多様な書物たちが、手に取ってくださる皆さまをちょっぴり豊かに、何より幸せにいざなうことができたならと、切に願ってやまない。